み

はぐれ同心 闇裁き5

喜安幸夫

時代小説

二見時代小説文庫

目次

斬り込み——はぐれ同心 闇裁き 5

一　貢がれた女

一

「寄れーっ、寄れーっ」

聞こえてきた。

「また出くわしてしまったか」

「まったく、もう」

往来の荷馬も大八車も、いかにも迷惑そうに脇道へそれ、往来人たちも一様にわがもの顔の声を敬遠する表情で、近くの軒端《のきば》や路地の角に身を寄せはじめた。

「ほれ、いるでがしょ。派手な花模様の……」

「どれ」

街道に面した茶店紅亭《ちゃみせべにてい》の縁台に、腰切半纏《こしきりばんてん》を三尺帯で決めた小仏《こぼとけ》の左源太《さげんた》と、粋《いき》な小銀杏《こいちょう》の髷《まげ》に、地味な着流しに黒っぽい羽織の鬼頭龍之助《きとうたつのすけ》が、悠然と湯呑みを手にしたまま座っている。

「あの女でさ」

左源太が街道のななめ向かいの軒端を顎《あご》で示し、

「ふむ、なるほど」

龍之助はその女を確認したか、さりげなく頷《うなず》きを返した。

天明《てんめい》七年（一七八七）長月《ながつき》（九月）の下旬、ここ神明町《しんめいちょう》では毎年十一日間もつづく神明宮のダラダラ祭りが終わり、町全体が一段落ついた雰囲気に浸《ひた》っている。だが、関東一円から参詣客でにぎわう大規模な祭りが終わったあとの空虚さはない。逆に住人も参詣人たちも物足りなさを残した、割り切れない思いを引いている。

茶店紅亭は、神明宮の鳥居《とりい》から東へ一丁半（およそ百五十米《メートル》）ほどつづく門前町の通りが、南北にながれる東海道に交差した角に位置している。江戸の芝《しば》の近辺で、街道の往来人の〝お休み処〟としては一等地だ。そこの街道にせり出した縁台に、二人は腰掛けている。老中の出仕は昼四ツ（およそ午前十時）で、茶店紅亭の前に、

「寄れーっ、寄れーっ」

声がすぐそこまで近づいてきたのは、それより半刻ほど前の朝五ツ半（およそ午前九時）の時分である。

「うふふ。龍之助さまもお気に召しましたか、あのおコンを」

いつの間に来たのか、背後からお甲《こう》が声をかけ、龍之助を左源太と挟むように縁台へ腰を下ろした。すぐに紅亭の茶汲み女が、

「はい、お甲姐《ねえ》さんも、一杯」

盆に湯呑みを載せ、持ってきた。龍之助が若くて色っぽい女の探索をするとあっては、やはり気になるのか、しかもその女が、

――水茶屋の〝転《ころ》び女〟

とあってはなおさらだ。

一文字笠《いちもんじがさ》で袴《はかま》の股立《ももだち》をとり、往来人を散らしている武士が二人、声とともに茶店紅亭の前にさしかかった。そのすぐうしろに紺看板《こんかんばん》に梵天帯《ぼんてんおび》の中間が四人ほど、桶を手に柄杓《ひしゃく》で水を撒きながら進んでいる。つぎに騎馬武者が五、六人に徒《かち》の弓勢《ゆんぜい》や槍持《やりもち》の足軽、さらに裃《かみしも》を着《つ》けた武士団がつづく。大名行列だ。登城のための平時の外出で総勢百人ほどか、声の武士二人はその先触《さきぶれ》である。水を撒いているのはほこりが立たないようにするためで、どの大名行列にも見られる。

「すまねえ、水を」

紅亭に中間が空になった水桶を手に駈け込んでくることもよくある。

先触の武士が一人、縁台に腰掛けている龍之助に目をとめ、歩み寄ってきた。もちろん用件は水ではない。茶店の軒端にも数人の男女が身を寄せているが、緊張したようすもなく、左源太もお甲も座ったまま、歩み寄ってくる武士を見ている。

「これはお役目、ご苦労でござる。沿道をよしなに」

武士が軽く一文字笠の頭を下げたのへ、龍之助も腰をすこし浮かせて応じると、

「ご挨拶、痛み入る」

すぐまたその場を離れた。龍之助の着流しに黒っぽい羽織は、一見して町方《まちかた》の者と分かる。大名行列が通るとき、沿道の警備も定町廻り《じょうまちまわ》同心の役務なのだ。もうかなり下火になったが、天明の大飢饉に諸藩が喘《あえ》いでいたころ、大名家の行列に領国から出てきた百姓衆の直訴《じきそ》などがあっては、町奉行が若年寄に見廻り不行き届きで叱責され大問題となる。東海道筋の芝の一帯を定廻りの範囲にしている龍之助も、ずいぶん気を遣《つか》ったものである。

きょうも朝から神明町に出張ってきたのは、もちろん警備のためでもあるが、

「あやつら」

と、女とその相手方を確認するためだった。

左源太が顎で示した、派手な花模様の前掛《まえかけ》をしたおコンなる女が、もう一人の先触の武士を見つめて前掛をちょいとつまんで示し、その武士もおコンに視線を向け、互いに頷き合ったのを龍之助は見逃していなかった。

行列が紅亭の前を過ぎて行く。さすがに殿さまの駕籠が通過するときだけ、龍之助は片膝を地につけ軽く会釈し、大名への敬意を示した。左源太とお甲は、

「フン」

駕籠から顔をそむけ、縁台に座ったままだ。

「おまえたちは気楽でいいなあ。俺はご公儀の身ゆえなあ」

言いながら龍之助は腰を縁台に戻した。

行列は殿《しんがり》の挟箱持《はさみばこもち》の一群となった。

紅亭の軒端に身を寄せ、龍之助たちの縁台のすぐ横に立って行列の通り過ぎるのを待っていた職人風の二人連れが、

「チッ、とんだ道草を喰っちまったぜ」

「ま、老中さんの行列だから、この程度で済んだってもんよ」

言いながら往還へ急ぐように踏み出し、街道にはホッとした空気がながれ、大八車や下駄の音がふたたび響きはじめた。

行列は老中の水野忠友《みずのただとも》だった。老中が登城するとき、行列は常に小走りで急いでいるようすをつくっている。非常事態のとき、老中の行列が慌てて江戸城に向かえばそれだけで人心を惑わすことになり、だから老中の登城は常に急ぎ足にて、

「人心をして異常を異常と思わしむるべからず」

心がけているのである。それが沿道の庶民には、往来でゆったりとした他の大名行列に出合わせたときにくらべ、立ち往生が〝この程度で済んだってもんよ〟と、すこしは喜ばれているのだ。

往来に本来のにぎわいが戻ったなかに、

「いつまで保《も》ちますかねえ、水野さまの老中職は」

「みょうですよ。とっくに辞《や》めさせられていてもおかしくないのに」

お店者《たなもの》風の二人が話しながら紅亭の前を通り、縁台に奉行所の同心が座っているのに気づき、

「あっ」

と、口を押さえ、足早に通り過ぎた。

「許せんな」

言いながら腰を上げた龍之助に、

「だから、あんなのに片膝つくことなんざいりやせんのに」

「そうですよ」

左源太とお甲も言いながらつづいた。

龍之助が〝許せん〟と言ったのは、さきほどのお店者たちに対してではない。駿河国沼津藩《するがのくにぬまづ》三万石の水野忠友は、田沼意次《たぬまおきつぐ》に引き立てられ老中にまで登った大名である。その意次が失脚して松平定信《まつだいらさだのぶ》が老中首座に就き、意次の息のかかった者をつぎつぎと過酷なまでに蹴落としているなか、忠友のみが排斥を免れ、まだ老中職から下ろされていないのだ。

柳営《りゅうえい》（幕府）でもお江戸の巷間《こうかん》でも水野忠友は、

――田沼意次の残滓《ざんし》
などと言われている。

北町奉行所の同心溜《だま》りでも、龍之助は幾度か同輩の言っているのを聞いている。そのたびに、

「ほう、残滓ねえ。残り滓《かす》ですか」

と、関心なさそうに返しているものの、新たな権力者の松平定信にすり寄った水野忠友は許せないが、だからといって巷間に〝残り滓〟などといった呼ばれ方をしていることには腹立たしさを覚えていた。龍之助の名が田沼意次の幼名である〝龍助《たつすけ》〟からとったものであれば、親子の情から〝滓〟の響きに憤《いきどお》りを覚えるのも無理からぬことだった。

おもての縁台から腰を上げた三人が、背後の茶店紅亭の暖簾《のれん》をくぐると、

「さあ、さっきから用意しておきましたから」

と、茶汲み女が入れ込みの奥の座敷に案内した。座敷といっても襖《ふすま》などはなく、畳の部屋だが板戸で仕切られ、遠くからの神明宮への参詣人が休息を取るだけの部屋がならんでいる程度だ。龍之助が部屋をとるとき、いつも一番奥が用意され、手前の部屋は空き部屋にされる。話が洩れないようにするためだ。

「さあてと」

三人は畳に腰を下ろし、鼎坐《ていざ》になった。お茶はお甲が自分で盆に載せ縁台から運んできたので、板戸を閉めると茶汲み女が入ってくることはない。

「うふふ、龍之助さま。あのおコンという妓《おんな》、どう見ました？」

「なるほど男好きのする面体だなあ。肉付きもよさそうだし」

「まっ」

部屋での開口一番、お甲が皮肉っぽく言ったのへ龍之助は応《こた》え、お甲はあきれたような声を上げた。

「それよりも兄イ、おもしれえじゃねえですかい。あのおコンめ、コンコンの狐よりも、あっしには狸《たぬき》に見えやすがねえ」

「つまり、そういうのが好きな男もいるってことさ。それがよりによって松平の家臣と水野の家臣だったとは」

「一悶着起こりやすね」

「いや、一波乱だ。それも、柳営を揺るがすような」

「そんな大きな問題を、あたしたちだけで？」

「やりやすかい、龍兄イ」

「向こうから持ってきた話だ。どこへどう転ぶか分からねえぞ。ふふふ」

龍之助は不敵に嗤《わら》い、

「松平の足軽大番頭《あしがるおおばんがしら》め、おもしろい話を持ってきてくれたものよ」

視線を空《くう》にながし、呟《つぶや》くように言った。部屋には緊張というよりも、ワクワクした雰囲気が漂《ただよ》っていた。

二

五日ほど前だ。神明宮のダラダラ祭りが終わったばかりだった。神明町の北隣に広がる宇田川町《うだがわちょう》の献残物商い《けんざんものあきない》甲州屋《こうしゅうや》の奥座敷で、龍之助は陸奥国白河《むつのくにしらかわ》藩松平家十万石の江戸屋敷足軽大番頭の加勢充次郎《かせみつじろう》と対座していた。龍之助が松平定信の家臣加勢充次郎と会うとき、甲州屋の奥座敷を使うのがすっかり定番《ていばん》になっている。二人が会うのは、いつも密談である。会っていることさえ、他に洩れてはまずい。甲州屋のある じ右左次郎《うさじろう》も、それを心得ている。その日の談合は、加勢充次郎のほうから八丁堀の同心組屋敷に使番《つかいばん》を走らせ、求めてきたものだった。

龍之助が奥の部屋に入るなり、

「――祭りの期間中、貴殿には見まわりなどで忙しかったことでござろう。そこへまた申しわけござらぬが……」

加勢はさっそく用件に入った。松平家の家臣がどうやら水茶屋の妓《おんな》に入れ揚げているらしく、

「――どこの妓でいかほどの散財をしているか、奉行所の役務としてではなく、極秘

に調べてくれぬか。むろん、報告も奉行所ではなく、松平屋敷のほうへ」

「――ほう、お家のご事情でござるか」

大名家が〝お家の事情〟の探索を、極秘に八丁堀の同心へ依頼する。加勢充次郎はそこになんの遠慮も見せていない。あるじの定信が老中首座に就き、柳営の実権を握ったからという驕《おご》りからではない。加勢にすれば、藩邸から奥州名産の熊胆《ゆうたん》の木箱に小判を忍ばせた〝役中頼《やくちゅうだの》み〟を、

(鬼頭どのの組屋敷に幾度かしている)

思いがある。龍之助がそれをすんなり受け入れているのは、

(突っ返せばかえって奇異に思われ、松平家の探索の目が自分に……)

強い警戒心があったからだ。

「――して、その者の名は？　で、どこの水茶屋でござろう」

「――それが分からぬから、貴殿に依頼するのでござる」

さりげなく入れた問いに加勢は応《こた》え、

「――藩士の名は青木与平太《あおきよへいた》と申し、独《ひと》り身の二十八歳にて、今年の春、国おもての勘定方《かんじょうがた》より江戸勤番となり、それはもう真面目な働きぶりでご家老も目を細めてござってな。それが最近みょうな噂が屋敷内でささやかれるようになり……」

最初から低めていた声をさらに押し殺した。あるじの老中首座への就任により、松平家の江戸屋敷では江戸勤番の数を増やす必要が生じ、そのために国おもてより呼び寄せた藩士の一人のようだ。

「——ほう」

龍之助も抑《おさ》えた声を返した。いずれの藩にもよくあることだ。国おもてより江戸勤番となった藩士が江戸の町に、つまり垢抜《あかぬ》けた女に目がくらんでついフラフラと……。しかもその者の役職が勘定方とくれば、

（その先は……）

それこそ〝お家の事情〟で、奥向きを訊《き》いても加勢は言うまい。だが、探索に必要なその者の名とともに風体が、

「——色白に、いくらか小太りでのっぺりした風貌にて」

語った。その者の話し言葉も奥州なまりが抜けず、相対していると、

「——人のよさが滲《にじ》み出てくるほどで、わしとしては信じられぬほどでのう。これを屋敷内で突《つつ》いたのではかえって噂が広がって外にも洩れ、そこでご貴殿に……」

なるほどあるじの松平定信は老中首座として、前の田沼意次の〝放漫〟な政道を全否定し、〝実直〟な緊縮政策を推し進めようとしているのだ。

定信は老中首座への就任に際し、柳営内で高らかに言ったものである。それは奉行所にも伝わり、さらに江戸市中にも広まっている。定信は言ったのだ。

――いささかたりとも栄耀華々《えいようはなばな》しきを慎《つつし》み、柳営の役人は無論、諸大名の家臣末端に至るまで、世上一般の範《はん》となるを心得よ
その松平定信の江戸屋敷で、女に目がくらみ藩金に手をつけている者が出たとなれば、世上へはむろん、

（――屋敷内でも極秘に処理せねば）

足元がぐらつくことになる。江戸家老たちは鳩首《きゅうしゅ》した。その結果、屋敷内で市井《しせい》に最も通じている足軽大番頭の加勢充次郎が家老部屋に呼ばれて相談され、

「――それならば、町方に格好の人物がおりまする。すべて極秘にて」

請け負ったのであろう。もちろん〝格好の人物〟とは、北町奉行所同心の鬼頭龍之助である。

加勢充次郎の用件が、田沼意次の〝隠し子〟探索の催促でなかったのへ龍之助はホッとしたのを内に隠し、

「――で、例の件は、お屋敷ではどこまで？」

さりげなく探りを入れた。松平定信から見ればそれこそ田沼の〝残滓〟である意次

の〝隠し子〟の探索を、こともあろうに加勢充次郎は以前から、その当人である鬼頭龍之助に依頼しているのだ。しかもそれには、松平家江戸次席家老の犬垣伝左衛門《いぬがきでんざえもん》も、さらに定信自身も認可を与え、期待まで寄せている。

「――その件なれば、継続して貴殿にお願い致したい。なれどいまはな、青木与平太に集中して欲しいのだ」

加勢充次郎は応えた。なるほど〝いまは〟家臣の不始末を内々に処理するのが先決のようだ。

龍之助はさっそく探索を始めた。なにぶん松平家の〝極秘〟ごとだから、話したのは岡っ引の手札《てふだ》を渡している左源太とお甲だけだった。

「――へへ、それこそよりによって兄イに頼むたあ、松平屋敷はお頭《つむ》のあたたかいお人らばかりだぜ」

「――兄《あに》さん。冗談でもそれは口に出しちゃいけないことじゃないの」

左源太がつい言ったのを、お甲はたしなめた。鬼頭龍之助が、松平家の探索している田沼意次の〝隠し子〟であることを知っているのはこの二人だけで、組屋敷の下働きの茂市《もいち》とウメの老夫婦も、まして奉行所の面々も、甲州屋のあるじ右左次郎も神明町の裏を仕切っている大松《だいまつ》の弥五郎《やごろう》も知らないのだ。

藩士の名前と人相が明らかなら、その者の入れ揚げている水茶屋はすぐに分かった。しかもきっかけは、茶店紅亭の茶汲み女だった。これには龍之助も左源太も、それにお甲も驚いた。茶汲み女は言ったのだった。

「――嫌ですよねえ、ななめ向かいへ半年ほど前に暖簾を出した水茶屋。あの常娥《じょうが》って変な名の」

水茶屋が茶店紅亭と街道を挟んだななめ向かいに暖簾を出したのは、今年の夏のはじめだった。水茶屋では、茶店の紅亭が昼間だけの商いで、客筋は神明宮の参詣人が中心でちょいと疲れを癒《いや》すのに縁台で口を湿らせ、あるいは奥の板戸の部屋でやれやれとくつろぐのと違い、奥の座敷は襖《ふすま》で廊下も土間ではなくきれいに磨かれた板敷きで、男女の密会に使われ、あるいは泊まり客には店の妓《おんな》が夜伽《よとぎ》もする。むろん、浅草の吉原《よしはら》以外での夜伽女はご法度《はっと》となっている。

「――野暮なことだが、いずれ踏み込まねばならんかなあ」

龍之助は左源太やお甲らに言い、

「――龍之助さまア、早く挙げちまってくださいよ」

お甲が言っていた店なのだ。

その常娥に、加勢充次郎が言っていた色白のいくらか小太りで、

「――そう、のっぺりした、あまり目立たないお侍が」

しきりに出入りしているというのだ。そのたびに、帰りにはおコンが玄関まで出て見送っているというのである。

龍之助にとってはまさに自分の定廻りの範囲内で、しかも左源太とお甲がそれぞれ塒《ねぐら》を置いている神明町とは、街道を挟んだ筋向かいなのだ。

もう一人の紅亭の茶汲み女も、

「――それにさあ、常娥のおコンさん、嫌味よ」

「――ほう、どんなに嫌味なんだい」

龍之助は訊《き》いた。

「――つい二、三日前ですよ。派手な花模様の前掛なんか着《つ》けてさあ。お客さんからの貢《みつ》ぎ物だなんて、ここへ来て見せびらかすのよ」

茶屋の女に客が気を引こうと貢ぐのは、花街の芸者と違って前掛である。そうした店がならんでいる笠森稲荷《かさもりいなり》や浅草観音、湯島天神などでは客同士がそれを競い合い、また妓たちもそれを着けて同業に自慢し、何枚も貢がれる妓は、きょうはどれを着けようかしらと迷ったりもする。常娥のおコンなる妓はその感覚で、ななめ向かいの紅亭の茶汲み女に自慢したのであろう。紅亭の茶汲み女は、客筋が一見《いちげん》の参詣人とあっては、いつもお仕着せの地味な前掛をしていて、素性も近くの長屋のおかみさんや娘たちである。

左源太がその小太りの武士のあとを尾《つ》けたら、確かに外濠幸橋《そとぼりさいわいばし》御門内の松平屋敷に帰って行った。青木与平太だ。もちろん左源太は、屋敷の中間に訊いて確かめた。

だが、紅亭の茶汲み女はみょうなことを言った。

「——なんでもいつもこの前をお通りになる水野さまのお馬廻《うままわり》で、お行列のときには先触をなさっているお侍ですって。贈られたばかりで、こんどそれを着けて水野さまのお行列を出迎えるんですって」

大名行列でそれを披露する。二人だけの秘密の冒険心がくすぐられ、男も女も満足なことであろう。

その話を聞いたのが、きのうなのだ。だからきょう、龍之助は茶店紅亭の縁台に朝から出張り、水野家の行列を待っていたのだ。常娥にはそうした妓が三、四人おり、なかでもおコンは一番の売れっ子のようだ。

その相手をきょう確認した。おコンに入れ揚げているのは、松平家の勘定方・青木与平太だけでなく、水野家の馬廻もその一人だったのだ。だから〝一悶着〟どころか〝一波乱〟が起こりそうで、それこそ〝よりによって〟である。老中首座となり柳営の頂点に立った松平定信の家臣と、まだ老中職に首がつながっている〝田沼意次の残滓〟の水野忠友の家臣では、処理の仕方によっては両家にどのような不名誉な事件に……その先は知れたものではない。

茶店紅亭の奥の部屋で、

「それにしても、さっき見たおコンめ、相当やり手の女だなあ。歴とした武士を二人も手玉に取っているのだからなあ」

「感心している場合じゃないでしょ。あの狸女、なんとかしないと大騒動になりますよ」

龍之助の言葉に、お甲は口を尖らせた。

「兄イ、どうしやすね」

左源太は、普段は岡っ引らしく龍之助を〝旦那〟と呼んでいるが、お甲を交えた三人だけになったときには、ともに無頼を張っていたころの癖《くせ》で〝兄イ〟と呼んでしまう。むしろそのほうが、龍之助と左源太にとっては自然なのだ。お甲も龍之助から手札をもらっている隠れ女岡っ引だが、〝龍之助さま〟などといささか甘ったれた声で呼ぶのもこの三人のときだけで、他の者が一緒のときにはやはり〝旦那〟か〝鬼頭さま〟などと、少々ぎこちない呼び方をしている。

「どうするんですか、龍之助さま」

「どうするって、どうしようもねえぜ。きょうにでもこのあと、二人が常娥で鉢合わせにならねえとも限らんしなあ」

「おもしれえ。侍同士、斬り合いになりやすぜ。しかも松平と水野とくらあ」

「兄《あに》さん！」

左源太がワクワクしたように言ったのへ、またお甲が怒ったようにたしなめた。

「お甲の言うとおりだ。この一帯は俺の定廻りの範囲だ。そこで武士の斬った張ったはちと困る。よし、左源太にお甲。大松の弥五郎に、きょう午《ひる》は割烹《かっぽう》の紅亭でってつなぎを取っておいてくれ。俺はいまからちょいと常娥に行って十手にモノを言わせ、おコンに水野家の先触野郎の名を聞きだしてくる」

「へい、がってん」

左源太にもただおもしろがるだけでなく、場所が場所だけに大松の弥五郎を蚊帳《かや》の外にはしておけないとの分別はある。

「割烹の紅亭なら、あたしも当然同席させてもらいますね」

「そういうことになるなあ」

お甲の言葉に、龍之助は応じた。お甲は龍之助の肝煎《きもいり》で、大松一家の客分として割烹紅亭に一室を与えられ、そこを塒《ねぐら》にしている。暇なときにはお座敷の仲居をして、用のあるときは自儘《じまま》に外出できるというけっこうな身分なのだ。それもこれもお甲には〝女壺振り名人のお甲姐さん〟との異名があり、大松の弥五郎ばかりか江戸中の貸《かし》元《もと》に一目置かれているからにほかならない。

「それじゃあ」

三人は茶店紅亭の奥の部屋で腰を上げた。いずれも緊張した表情になっている。これから事態はどう展開するか、左源太やお甲はむろん、龍之助にも予測が立てられないのだ。

三

茶店紅亭から常娥まで、街道をななめに横切るほんのわずかのあいだに、龍之助の脳裡は激しくめぐった。見た目にはボーッとして歩いている。往来がいかに混み、急ぎの大八車が車輪の音を立てていようと、

「べらぼうめっ。どこを見て歩いてやがんだっ」

などと罵声が飛ぶことはない。

三頭ほどの荷馬の列の陰に、大八車の車輪の音が響いた。

「あっ、危ねえ。気をつけろ」

言ったのはゆったりと馬の轡《くつわ》を取っていた馬子で、

「おっとっと。もうしわけっ、へへ、どうぞ」

言われたのは大八車の人足で、慌てて大八の軛《くびき》を横へねじってボーッと歩く龍之助を避けた。相手は小銀杏に黒羽織の八丁堀だ。ぶつけたりすれば張り倒され、蹴飛ばされかねない。

「おう」

と、龍之助のボーッとしたさまは変わらない。ただゆっくりと、街道をななめに横切っている。

「あゝ」

また周囲が声を上げた。

「うっ」

呻きは龍之助だ。急ぎの天秤棒の荷運び人足の荷が、反動をつけてまともに龍之助の腰を打ったのだ。

「旦那っ、もうしわけっ」

慌てて天秤棒を降ろし詫びようとする人足に龍之助は、

「おう、父《とつ》つぁん、すまねえ。考え事をしてたもんでな。急いでんだろう。早く行きねえ」

「へ、へい」

人足は恐縮したように頭を下げ、天秤棒を担いだ足をもつれさせながら走り去った。一瞬立ちどまった往来人たちはホッとしたようにもとの動きに戻ったが、最初から心配げもなく歩いていた者もいる。土地の者だ。いつもの龍之助を知っているのだ。天秤棒の荷が崩れて落ちたりすれば、

「すまねえなあ、父つぁん」

と、龍之助は腰をかがめて拾ってやったりもするだろう。それが界隈の住人が知っている定廻りの鬼頭龍之助なのだ。

いまも龍之助の脳裡は目まぐるしくめぐっている。

(許せぬ!)

水野忠友だ。忠友が水野家の養嗣子《ようしし》に入れていた意次の三男・意正《おきまさ》を廃嫡《はいちゃく》して松平定信にすり寄り、定信がこれをまだ免職にしていないのは、

「水野から田沼の〝独断罪状〟の数々を聞き出すため」

柳営でささやかれ、町奉行所にも洩れ伝わって龍之助も耳にしている。憤《いきどお》りを感じる。だからこたびのおコンの件は、左源太ではないが〝おもしろい〟のだ。これをうまくあやつり、両家ともに恥をかかせるのはできないことではない。しかし、松平定信が水野忠友を免職させるきっかけに使うかもしれないのが、

（おもしろくない）

天秤棒から顔を上げれば、そこにはもう常娥の目立たない暖簾が下がっていた。ななめ向かいの茶店紅亭のように、〝茶店本舗《ほんぽ》　紅亭　氏子中〟と大書した、遠くからでも見える大きな幟《のぼり》を街道に向かって立てているのとは対照的に、玄関口に縁台も出さず、暖簾にも小さく〝常娥〟と屋号を染め込んでいるだけだ。人通りの多い街道に面しておれば、出入りするにもかえって目立たないという魂胆が透けて見える。

「おう、じゃまするぜ」

粋な小銀杏の髷で暖簾を分けた。考えがまとまったわけではない。ともかく水野家の先触武士の名を確かめ、おコンの出方を、

（見ようか）

と、茶店紅亭を出たときから脳裡は一歩も前に進んでいない。

「あっ、これは八丁堀の旦那。この町に暖簾を出させていただいてから一度も挨拶に参らず、そのうちそのうちと思いながら日が過ぎてしまいまして。お赦《ゆる》しを」

磨かれた玄関の板敷きに出てきたのは、色白で年増の小太りの女だった。言いながら板敷きに端座し、

「この家《や》の女将《おかみ》をしておりますモヱと申します。鬼頭さまでございますね。町の方々に慕われているお噂、かねがね伺っております」

よくしゃべる女だ。それに声も大きい。なるほど、奥のほうへ八丁堀が来たことを知らせる意味合いもあるのだろう。奥からこれまた小太りの四十がらみの男が腰を折り、揉み手をしながらすり足で出てきて、

「これは、これは、八丁堀の旦那。ようこそお越しを。ささ、お上がりくださいませ。あっ、申しおくれました。手前はこの家のあるじで唐八《とうはち》と申します」

廊下の奥を手で示した。町人髷を鬢《びん》付け油でピタリと決めているが、一見して、遊び人上がりの男であることが嗅ぎ取れる。だが、おなじ遊び人でも大松の弥五郎や伊《い》三次《さんじ》とは違った印象で精悍さも不気味さもなく、ただ腰が低くてつかみどころのないようすが龍之助には、

(虫唾《むしず》が走る)

無言で頷《うなず》き、雪駄《せった》をぬぎ手招きされるまま板敷きに上がった。

「いままで挨拶にも伺わず、申しわけもありません」

「ささ、どうぞこちらへ」

夫婦そろってなおもしゃべりつづけ、通されたのは、玄関から一番手前の部屋だった。生活臭がなく、小奇麗にととのえられている。客間か客の待合いに使っている部屋のようだ。座につくなり、

「まだ早いようですが、午《ひる》はここでお済ましいただければありがたいのですが」

「はい、すぐ用意させます」

亭主の唐八が言えばすかさず女房のモエがつなぐ。夫婦そろって龍之助が御用の筋を切り出す前に、できるだけ機嫌を取っておこうとの魂胆が、これまた透けて見える。部屋を貸す出会い茶屋ではなく、客にはべらせる妓《おんな》も置いているとなれば岡場所であり、現場を押さえなくても法度に背《そむ》いていることは明らかだ。だが龍之助は、

（だからといって、人さまに迷惑をかけているわけじゃなし）

と、コソ泥や路上での喧嘩と違い、目に余る行為がない限り、法度に背こうが触れようがお目こぼしにしている。だからいままで、常娥に踏み込むどころか暖簾をくぐることもなかったのだ。

「へへ、旦那。酒《ささ》などいかがでござんしょうか。若い妓に酌をさせますが」

「ふむ。若い妓であるか。店《ここ》にはそんなのもそろっているようだな」

皮肉っぽく言った龍之助に、あるじの唐八は顔の前で手のひらをヒラヒラと振り、

「滅相もございません。きょうたまたま手伝いに来ているのが、その、ただ、若いだけでして」

「ほう、そうか。それなら、そのたまたまの若い妓で、おコンとか申す者がいよう。さきほど玄関の前で見かけた。これへ呼んでもらおうか」

「えっ、おコンがなにか」

龍之助がふところから朱房《しゅふさ》の十手を取り出したのへ、モエが驚いた声を上げ、

「おコーン、おコン」

襖を開け、呼びながら廊下を奥へ走った。廊下に並んでいる襖の向こうは、客がいるのかいないのか静まり返っている。さきほどの玄関でのモエの大きな声が効いているのだろう。部屋に残ったあるじの唐八も心配げに、

「決して手前どもではご法度に触れるようなことは……」

「ははは、俺は野暮なことは言わねえ。ご近所からそんな噂は聞いていねえかい」

「は、はい。それはもう」

座の緊張がとれたところへ、おコンがモエにともなわれ部屋に入ってきた。あの派手な前掛ははずし、地味なものに替えていた。

胡坐《あぐら》を組んだ龍之助の前に、唐八、モエ、おコンの順に、まるでお白洲に引き出されたように畏《かしこ》まった。法度に触れている者ならこうした場合、居丈高《いたけだか》に出るか反抗的な態度を示すものだが、ひたすらへらへらと低姿勢に、

（そういう生き方をしてんのかい。それともそれが性分《しょうぶん》なのかい）

龍之助は感じ、

（根っからの悪《わる》じゃねえな）

看《み》て取った。

「旦那ア。あたしになにか用なんですか？　十手なんかお出しになって」

「これ、おコン」

若いせいか、おコンがいささか反抗的になったのをモエがたしなめた。

「あはは。いいんだ、いいんだ。こいつはなあ、おめえらに向けたものじゃねえ。ただ、いつもの癖でなあ」

言いながら龍之助は朱房の十手をふところに収めた。

「で、おコンがなにか？」

「おう、そのことよ。唐八もモエも聞きねえ」

「へえ」

唐八たちはまた畏まった。

「おめえら、いま柳営がどう動いているか、多少は知ってるだろう」

「そりゃ、まあ、松平さまが老中首座に就かれ、いつもここの街道をお通りになる水野さまもご老中さまですが、ちょいとお苦しいお立場とか」

「はい。あたしたち、いつもお行列を見ているものですから」

唐八が応えたのへモエがつないだ。なるほどいくらか水野の肩を持っているような応え方だ。水茶屋の夫婦がそのような反応を見せるとは、松平定信と水野忠友との微妙な関係は、巷間にもかなり流布《るふ》されているようだ。

「その水野さまのことよ」

龍之助はおコンに視線を向け、

「きょうの行列の先触のときな、俺に気づかなかったかい。向かいの縁台から慥《しか》と見させてもらったぜ」

おコンがビクリとした反応を見せた。気づいてはいたようだ。そのおコンに視線を据えたまま龍之助は、

「おめえ、わざわざ前掛を披露していたなあ。その果報者の侍、名はなんてんだい。あはは、前掛を贈ってもらったおめえのほうが果報者かな。行列の先触はだいたい馬廻の役目だが、その役の者には堅物が多いもんだがなあ」

ここまで話せば、唐八もモエもおコンも、こういう商いの者はなかなか勘がいいものだ。あの派手な前掛が、水野の家士から贈られたことを龍之助が知っているのに気がつく。

「旦那、それがなにかご法度にでも？　おコンは、ただ水野屋敷の置田《おきた》さまから」

「あはは。前掛が法度に引っかかるはずはなかろう。おい、おコン」

唐八に向けた目をふたたび龍之助はおコンに据え、

「おめえ、どういう料簡《りようけん》だ。松平屋敷の青木与平太からも、ずいぶん貢いでもらっているそうじゃねえか」

「えええっ。ま、松平屋敷って、あの幸橋御門内の松平さま！」

「げえっ」

唐八とモエは仰天し、おコンも、

「あ、あ、青木さまは、松平さまのご家中⁉」

言うなり端座の足を崩しうしろへ尻餅をついた。

これには龍之助も驚いた。

「なんだ、おまえたち。あの色白ののっぺりした侍、白河藩松平家の勘定方ってえことを知らなかったのかい」

さすがに青木与平太は、水茶屋では自分の名は言っても、松平の家名は出していなかったようだ。

「へ、へい。いずれご大藩のご家中ということは察しておりましたが」

「そ、それが松平さまとは……そ、それに、勘定方⁉ おコン、おまえ……」

「あ、あたしも、聞いてはおりませぬ。ただ、さる藩の……とおっしゃるだけで、そのうえ、お勘定方だったとは、どおりで……」

モエからも視線を向けられ、おコンは言った。〝どおりで〟のあとの言葉を飲み込んだところなど、かなり貢がれているようだ。

(なるほど松平屋敷め、極秘でと言ってくるはずだわい)

龍之助の脳裡はふたたび回転しはじめた。目の前の唐八もモエもおコンも、ようやくことの重大さを悟ったようだ。

「鬼頭さま、いかがすれば」

唐八は龍之助を見つめ、モエもおコンもそれにつづき、いずれも助けを求めるような目つきになった。

「いかがするもしねえも、水野の侍、さっき置田とか言ったなあ、置田なんてんだ」

「はい。置田右京之介《うきょうのすけ》さまとおっしゃいます」

おコンは答えた。

「そうか、置田右京之介と申すか」

龍之助は考えながら反芻《はんすう》した。水野家の置田右京之介は、茶屋の気に入った妓《おんな》に前掛を贈ってそれを着けさせ、自分の〝占有〟を誇示するのが茶屋街の習慣と知っているようだが、松平家の青木与平太は江戸勤番になったばかりでそうしたしきたりも知らず、金ばかりを貢いで藩金にまで手をつけてしまったようだ。

「ともかくだ、唐八とモエ」

「は、はい」

常娥の夫婦は同時に返事をした。

「おめえたち二人は、水野家の置田右京之介と松平家の青木与平太が、ここで鉢合わせにならねえように気をつけろ。で、おコン」

「はい」

素直な返事になっていた。

「二人の侍を手玉に取るなんざ大したものだが、ばれたらおめえ、どっちかに殺されるぞ。それもよ、江戸中の評判になってなあ」

「えぇえ！」

「いまさら驚いても仕方ねえぞ。もし置田か青木のどっちかが血迷って刃物など振りまわしやがったら、かまうこたねえ。向かいの神明町へ逃げ込め」

「えっ、神明町のお貸元《かしもと》は大松の弥五郎さんと聞いておりますが」

問い返したのは唐八だった。これまで挨拶にも行かず、バツの悪そうな顔になっている。

「あゝ、その弥五郎だ。大松一家には俺から話しておこう。昼間でも夜中でも八丁堀に知らせが走るようにしておこうじゃねえか。で、やつら、頻繁にここへ来るのかい」

「どっちも、三日か四日おきくらいに……二人が鉢合わせにならないよう、あたしも気を遣《つか》っているのですが」

申しわけなさそうに、おコンが言った。

「どっちも三、四日おきか。危ねえなあ。で、こんど来るのは？」

「きょうは、その、松平屋敷の青木与平太さまが……。あしたは水野屋敷の置田右京之介さまが」

「危ねえなあ。一日でも狂ったら血の雨だぜ。そいつらの背景を考えりゃ、水野と松平だ。江戸中どころかお城の中まで大騒ぎにならあ。ともかくこの件、俺の言うとおりにしろ。いまから弥五郎に話をつけに行くから」

龍之助は腰を上げた。

三人とも恐縮したように往還まで出て、ふかぶかと頭を下げた。往来人が不思議そうに見ている。水茶屋の夫婦と若い女に見送られるなど、龍之助にしてはバツの悪いものだが、三人とも龍之助の伝法な口調に、信頼感に親近感まで持ったようだ。


「冗談じゃねえですぜ、鬼頭の旦那！」

部屋に大松の弥五郎の声が響いた。神明宮の石段下の割烹《かっぽう》紅亭の奥の一室である。名前からも分かるように、〝本舗〟を名乗っている街道筋の茶店が本店で、あとから神明町の一等地である神明宮石段下に割烹の店を出し、いまでは実質的には割烹紅亭のほうが本店のようになっている。いずれも大松一家の息のかかった店だ。

弥五郎は〝大松〟の通り名とは逆に小柄で、しかも丸顔の坊主頭には愛嬌が感じられるが、目つきの鋭いところには不気味さがある。部屋には、代貸《だいがし》の伊三次も来ている。目が細く、切れ者といった印象を受ける。割烹紅亭の仲居姿のままのお甲に職人姿の左源太、それに黒い羽織の龍之助が、上座も下座もなく円陣をつくっているのだから、一見奇妙な組み合わせに見えるが、この面々にはそれが通常なのだ。しかも町方の同心が午間《ひるま》から土地の貸元と一つ部屋の中で膝をつき合わせているなど、あってはならないことだ。だが、神明町ではそれもまた自然なのだ。そのなかに、

「ありゃあ、喰えねえやつらですよ」

と、弥五郎につづけて伊三次も言う。

「常娥が暖簾を出したのは街道の東側で、あっしら西側の縄張《しま》の外でさあ」

伊三次が言うのへ、弥五郎は頷いている。大松一家が縄張にしているのは、あくまで神明宮の門前で、街道の西側である。

(縄張の外のことには一切関わらねえ)

のが、大松一家がみずからに課した掟《おきて》で、それによって他の一家と揉め事も起こさず浸蝕もされず、神明宮門前の江戸でも有数の一等地の縄張を護《まも》っているのだ。

そこと街道一筋をはさんだだけの並びに常娥は暖簾を出した。しかも茶店紅亭のなめ向かいで、声を出せば聞こえる近さだ。そこでどうやら水茶屋だけでなく岡場所のまねごともしている。それでも大松の弥五郎は、目障りではあるがみずからに課し

た掟を守っている。街道の東側を一応の縄張にしている貸元たちは、茶店紅亭の向かいとあっては大松一家の手が伸びているのではないかと遠慮をし、常娥に見ケ〆料《みかじめりよう》を要求するなどの手は出していない。そうした貸元たちの力関係を知ったうえで、

「常娥の父つぁんめ、暖簾を出してやがるんですよ。しかも耳で聞いただけじゃ、神明宮名物の生姜《しようが》と紛《まぎ》らわしい名など名乗りやがって」

だから伊三次は常娥を〝喰えねえやつら〟と言い、弥五郎も頷いているのだ。神明宮のある芝《しば》の一帯はかつて生姜の産地であったことから、ダラダラ祭りのときに神明宮で生姜を買って食べれば、その年の冬は風邪を引かないと言い伝えられており、平時でも境内には生姜を売る店が出ている。

　生姜か常娥かの名はともかく、

「おコンに限らねえ、あるじ夫婦やほかの妓たちも逃げ込んできたなら、かくまってやってくれ」

　龍之助は言ったのだから、弥五郎や伊三次が反発するのは無理もない。

　だが、

「二つの大名家を、慌てさせることにもなる」

　しかもそれらが老中首座の松平家と、まだ老中の水野家とあっては、

「ま、それもおもしろうござんすが」

弥五郎は承知した。当然ながら弥五郎も伊三次も、巷間にながれてくる昨今の柳営の動きは知っており、松平と水野の名が龍之助の口から出たときには、

「ほう」

と、二人とも興味深げに膝を乗り出したものである。

だが龍之助は、ことの発端が松平家の足軽大番頭《おおばんがしら》から依頼されたことにあるのは伏せた。龍之助の出自《しゅつじ》は、左源太とお甲を除き世間に対する龍之助の極秘事項なのだ。だからそこより派生している松平家とのきわどく不自然な関わりも、伏せておかねばならない。あくまでも、

「ちょいと常娥に胡散《うさん》臭いものを感じてなあ、左源太とお甲に調べさせたら、そこになんと松平と水野の名が浮かんできたのよ」

龍之助は説明した。左源太にはむろん、お甲にも龍之助が岡っ引の手札を渡していることは大松一家の者は知っており、左源太とお甲が龍之助の手先となって秘かに走るのは、大松一家にとっても自然なことなのだ。

話のついたところで、ちょうど中食《ちゆうじき》の時分になっていた。弥五郎が廊下に向かって手を打とうとすると、

「あっ。あたしが」

仲居姿のお甲が腰を上げた。

四

午後、ふたたび龍之助と左源太、お甲の姿は街道おもての茶店紅亭にあった。そこへ伊三次が加わっている。一番奥の部屋である。

「色白の小太りでのっぺりした武士が来たら知らせてくれ」

龍之助は茶店紅亭の老爺《おやじ》にも茶汲み女たちにも頼んでいる。おコンの話では、きょう来ることになっているが、直接顔を知っているのは左源太だけだ。ともかく面《つら》だけでも確認しておこうと思ったのだ。編笠で顔を隠していても、体つきや歩き方までは隠せない。龍之助にはそれで十分だし、茶店紅亭の茶汲み女たちが松平屋敷の青木与平太を見知っておくのも、なにかと役に立つことになるだろう。

来る時間は一定していないらしい。午前は来なかったから、来るのはこれからで、遅くとも夕刻前であろう。屋敷勤めの武士には門限があり、まして泊まりなどはできない。時間や名目をつくっては屋敷を抜け出すのだろうが、そうした大名家の武士を二人も、自分のほうから日を指定しそれに従わせるなどおコンの技量もさりながら、青木与平太も水野屋敷の置田右京之介もおコンにぞっこんなのだろう。

老爺や茶汲み女たちだけに任せておいては、仕事のあい間に見るだけだから見落としもあろう。龍之助も含め、部屋の中から順番におもての縁台に出た。

龍之助が縁台に座った。隣の縁台に、遠くから神明宮の参詣に来たのだろう、商家のおかみさん風の女が三人ほど座っていた。団子を頬張りながらおしゃべりに興じていたのが、さすがに一見奉行所の役人と分かる武士がすぐ横に座ったのでは、一瞬緊張したように静かになった。

「ははは、遠くからご参詣ですかな。生姜は買われたか。神明さんの生姜は風邪に効きますからなあ」

龍之助は愛想よく声をかけ、その場の雰囲気をほぐした。

「は、はい。ちょいとお江戸のはずれから」

女の一人がホッとしたように返し、ふたたびおしゃべりに興じはじめた。こうした庶民的な機微《きび》は、かつて市井《しせい》で左源太を配下に無頼を張っていた龍之助ならではのことで、他の同心が持ち合わせないものだ。それら女たちのおしゃべりを横に、龍之助は視線をさりげなく街道の人のながれに向けた。同時に脳裡は、

（このこと、松平屋敷の加勢充次郎に教えてやるべきかどうか）

考え込んでいた。加勢充次郎は単に屋敷の青木与平太だけの問題としてとらえ、そこに水野家の家士がからんでいることなど、想像もしていないだろう。知れば仰天し、さっそく次席家老の犬垣伝左衛門と額を寄せ合い、おもてにならないよう定信も早急な処分を命じるだろう。〝処分〟とはもちろん、青木与平太の〝切腹〟である。龍之助にすればあと味が悪く、それで何もおもてにならなかったとなれば、

（それこそ、おもしろくない）

思っているなかに、

「おっ」

龍之助は軽い声を上げた。来たのだ。北のほう、すなわち幸橋御門の方角から、編笠で顔を隠した武士が……小太りだ。

茶店紅亭の奥の部屋では、

「あたし、ちょっと見張りを手伝ってこようかしら。鬼頭の旦那にあまりキョロキョロさせるのも悪いから」

お甲が腰を上げたところだった。

「おう、行ってきなせえ。退屈なすっていなさろうから」

伊三次の声を背にお甲が土間の廊下に出た。

そのお甲が、

「龍之助さまア」

背後から甘えたような声をかけたのと、小太りの武士が編笠を取り常娥の暖簾を入ったのとほとんど同時だった。確かに色白でのっぺりした顔がチラと見えた。

「おう、お甲か。いま青木与平太め、常娥に入りおったぞ」

「ま、嫌だこと。やっぱり来ましたか」

龍之助の肩にかけた手に、抗議するかのように力を入れた。

「痛い！　おまえもあと一歩早く来れば、やつの面が見られたのに」

「そんな男の顔、見たかありませんよ。それに、おコンなどと狐みたいな名の狸女、どこがそんなにいいのかしら」

言いながら龍之助の横に座った。お甲には、この話が岡場所がらみなのが最初から気に入らないようだ。だがこのときお甲がおもてに出てきたのが、いまこの場で大騒ぎが起こるのを防ぐことになった。

「青木与平太め、笠で面《つら》を隠していたのはまあまあだが、せめてまわり道をして別の方角から来るくらいの芸はできぬもんかのう。御門のほうから直接来おったぞ」

言いながら北の方向へ視線をやった。隣の縁台では、まだ三人の女たちが前を通る大八車の響きにも負けじとおしゃべりを楽しんでいる。

「おっ。お甲、見てみろ」

龍之助は北方向に視線を向けたまま言った。

「あっ、あれは！」

往来人や町駕籠のあいだに急ぎ足の武士が近づいてくる。おなじ北方向からだ。笠はなく顔は隠していない。けさがた見た水野家行列の先触……置田右京之介ではないか。

「まずいぞ、お甲！」

「いま、松平の青木与平太が上がっているのですよね、常娥に！」

「そうだ。外は俺がなんとかする。お甲、おまえは」

「はいな」

お甲は腰を上げるなり、さりげなく街道を横切り、常娥の暖簾をくぐった。そのあとの動きの速さが、外からもチラと見えた。

(うまくやれ、お甲)

龍之助は念じた。まだ、どう処理すべきか策も定まっていない。そこへ早くも二人が鉢合わせになったのでは、それこそ街道に血潮が飛んで江戸中が……。

近づいてくる。急いでいる足取りだ。龍之助は解した。大名が登城すれば、行列を組んでいた家臣たちは江戸城内濠《うちぼり》の大手御門前の広場で、殿の下城まで待つことになる。一日中、ただぶらぶらと待っているのだ。登城の大名が多い場合、広場はけっこう混み合い、それを目当ての屋台の蕎麦屋や汁粉《しるこ》屋が出たりもする。そうしたなかに下城が遅くなるとでも城内から知らせがあったのだろう。そこで置田右京之介は水野家の一群から雪隠《せっちん》にでも行く振りをして抜け出し、常娥へと急いだのだろう。だが、遅くなるといっても陽のあるうちに下城するはずだ。あまり時間がない。だから急いでいるのであろうが、

(いったいなんのために。そんなにおコンが恋しいのか)

いささか嗤《わら》える。

置田右京之介は常娥の暖簾に近づいた。暖簾の中では松平屋敷の青木与平太を部屋に入れたおコンはお甲から、

「突然でごめんなさい。あたし、鬼頭龍之助の手の者です。ちょいとこちらへ」

廊下に呼ばれ、水野屋敷の置田右京之介がすぐそこまで、

「迫っている」

ことを告げられ、仰天していることだろう。

外では、

「あゝ、そこなお方。卒爾《そつじ》ながら」

縁台を立った龍之助は街道を横切り、暖簾をくぐろうとした置田右京之介を呼びとめた。

「なんだ。町方か。用はないぞ」

「いや、それがありましてな。貴殿、水野さまご家中とお見受けいたす。きょうもお行列の先触を」

「うっ。それがどうした」

置田右京之介は落ち着かない。常娥の暖簾のすぐ前である。

「水野さまのご家中なれば、お耳に入れたき儀がござる。松平さまの件につき」

「ん、松平？」

その名を出されれば、水野家の家臣として足をとめ耳をそばだてねばならない。

「さよう。巷間では松平さまが水野さまをいかように扱おうかと……」

龍之助は町家に流布されている噂の話などをして、中に入ったお甲の時間稼ぎをしようとしている。いまはそれしか方途はない。

「あらら、右京さま。どうしてかようなお時刻に……」

声とともに暖簾から飛び出てきたのはおコンだった。それがお甲のとっさの判断だった。廊下で狼狽《ろうばい》するおコンにお甲は、

「――鬼頭の旦那が外で引きとめているから、その場でなんとか追い返すしか……」

言ったのだ。おコンはそのとおりに動いた。紅亭の縁台を立ったときから、龍之助とお甲の以心伝心の策だった。紅亭では茶汲み女が龍之助とお甲の不意の動きを奥の部屋に知らせ、左源太と伊三次が縁台まで出て事態を見守っている。

「やあ、おコン。見たぞ。前掛、着けてくれていたなあ。それが言いたくて大手御門から抜け出してきたのだ」

「まあ、それだけのために！　嬉しい！」

芝居か本気か、右京之介の手を取って喜ぶおコンの姿は、街道を行く者の目を惹《ひ》いた。

「で、いまおまえ、前掛は？」

「いやですよう右京さま。いま掃除をしていたところで、汚れちゃまずいと思って」

「そうか、そうか。大事にしてくれているのだな。このあとも行列の先触に立つから、あの前掛をしてここで俺を見送ってくれ。それでは時間がないゆえ」

置田右京之介はおコンの手を振りほどくなりきびすを返し、さきほど呼びとめられた話などまったく念頭から消えたか、小走りにもと来た北方向へのながれに入った。大手御門前での行列の出立《しゅったつ》に先触がいなかったでは、それこそ切腹ものである。龍之助とお甲の策は成功した……かにみえた。確かにこの場で二人が鉢合わせになるのは防いだ。しかし、

「いったい……？」

首をかしげながら部屋に一人残った松平家の青木与平太は、部屋の隅に見慣れぬ派手な前掛があるのに気づいた。見えないところにしまっておかなかった、おコンの失態といえようか。不審に思った青木与平太は廊下に出た。

「ん？」

おコンの声が聞こえる玄関口へ、青木与平太が向かうのを、お甲はとめられなかった。だが、青木与平太が暖簾から顔を出すのは、

「お侍さま。野暮なことはおよしなさいな」

と、辛うじてとめた。だが、暖簾の外の声は断片的だが聞こえていた。

「行列の先触……あの前掛……見送ってくれ」

言っていた。嫉妬《しっと》は人を敏感にさせる。勘繰りか、憶測か、青木与平太の脳裡は回

転した。

五

縁台の客はとっくに入れ替わっている。

「鬼頭さま、いったいどうすれば。お助けください！」

茶店紅亭の奥の部屋だ。常娥のあるじ唐八が来ている。

「――あの場では仕方なかったですよ」

常娥から戻ってきたお甲は言った。青木与平太に問いつめられたおコンは、前掛の贈り主が水野家の先触役で、名も〝置田右京之介〟であることを白状してしまったのだ。なにしろ〝証拠になる声〟を聞かれてしまい、現物がそこにあるのだ。

「――よし、ならば行列が通るあいだ、おまえは外に出るな。どんな顔か俺が確かめてやる」

青木与平太がのっぺりした顔に似合わず、厳しい表情で言ったというのだ。常娥の唐八もモエも震えあがり、紅亭に戻るお甲に唐八がついてきたのだ。いま、おコンは部屋で青木与平太に軟禁状態にされ、モエがしきりになだめているという。

「きょうここで騒ぎが起こるのはまずい。防ぐぞ、何事もなかったように」

いま立てられる策はそれだけである。事情を聞いた大松の弥五郎も、すぐ茶店紅亭に来た。すでに一家の若い者たちに動員をかけ、

「差配は鬼頭さまにお任せしまさあ」

腹の太いところを見せ、

「それにしても、お武家にも軽いお人らがいるもんですねえ」

「ふふふ。こればっかりはなあ、人に変わりはなかろうよ」

龍之助は応えていた。

いま、一同は水野家の行列が柳営から戻ってくるのを待っている。水野家の上屋敷は、神明町から街道を南へ向かい、浜松町を過ぎ新堀川《にいぼりがわ》にかかる金杉橋《かなすぎばし》を渡り、川沿いの往還を西へ入ったところに豪壮な正面門を構えている。だから登城のときにはいつも東海道の神明町を通り、幸橋御門から城内に入って松平屋敷の前を通過して内濠の大手御門に向かっているのだ。

「来やした、来やした」

陽がかなり西にかたむいた時分だった。神明町から北寄りの宇田川町《うだがわちょう》の向こうま

で出していた大松一家の若い者が茶店紅亭に駈け込んだ。

「さあ、みんな」

龍之助は差配した。

「寄れーっ、寄れーっ」

聞こえてきたときには、それぞれが配置についている。一見したところ、沿道の往来人に混じって軒端に身を寄せているだけだから、迷惑そうにしている周辺のようすとなんら変わりはない。

おコンは出てきていない。常娥の暖簾の中に人の気配があるのは、松平屋敷の青木与平太だ。

「——好きなようにさせろ」

龍之助は常娥の唐八に言っている。屋内で無理やり拘束しようとすれば、かえって騒ぎになる。青木与平太は脇差を腰に帯び、身を隠すように暖簾のすき間から外をのぞいている。その数歩離れた背後から、緊張した面持《おもも》ちで紅亭から帰ってきた唐八と、それにモエが青ざめた表情で見つめている。

「——二人とも、青木与平太から離れておれ」

龍之助が命じたのだ。その龍之助は、外から玄関口の両脇を左源太と固めている。

お甲と伊三次、それに大松の若い衆が三、四人、すぐ近くの軒端に控えている。もし青木与平太の頭に血がのぼり飛び出したなら……あり得ることだ。すかさず龍之助が抜き打ちをかけて動きをとめ、左源太が体当たりでその身を暖簾の中へ押し倒すと同時に玄関前をお甲と伊三次、それに大松の若い衆数人が往来からふさぎ、何事もなかったように行列の通り過ぎるのを待つ。この面々には困難な策ではない。

おコンは廊下の奥から、

(何事も起こりませぬように)

祈りながら玄関口のほうを見守っている。

常娥の前にさしかかった。

「寄れーっ、寄れーっ」

一文字笠の先触の武士が二人……置田右京之介は行きも帰りも、常娥寄りの位置を取っている。そのうしろに、中間四人が水を撒きながらつづいている。

「寄れーっ」

置田は言いながら、しきりに常娥の玄関口に視線をながしている。龍之助も左源太も、玄関口の両脇で目は先触れの武士に向け神経は暖簾の中にそそいでいる。

「ううううっ」

青木与平太の唸《うな》り声が聞こえる。暖簾のすき間から、青木与平太は水野家の置田右京之介の面体を慥《しか》と見とどけたか、龍之助は殺気に近い気配を感じた。

(用心)

龍之助は左源太に目配せすると同時に、

(青木与平太、狂っておる)

先触の置田右京之介は、

「寄れーっ」

首をかしげながら通り過ぎ、振り返ったが、やはりおコンの姿はない。

列は騎馬武者になり、槍隊と弓勢がつづく。

暖簾の中からの緊迫した気配は消えた。青木与平太は最低限の分別までは、まだ失っていなかったようだ。首を一度も暖簾から出さなかったところから、玄関の外に人員が配置されていたことにはまったく気づかなかっただろう。それでいいのだ。

街道のながれはもとに戻り、龍之助らはその場からさりげなくななめ向かいの紅亭に戻った。縁台から坊主頭の弥五郎が、何事もなかった一部始終を見ていた。もちろん周辺に若い者たちを立たせ、騒ぎになった場合に備えていたが、小刻みな運びで足早に行列が通り過ぎると、それらも往来人に混じり神明町に消えた。

「鬼頭さま。結局、なんでござんしょう。馬鹿騒ぎを先に延ばしたってえだけで、まったく底の浅《あせ》え侍《さむれえ》たちにも、困ったもんでござんすねえ」

茶店紅亭の奥の部屋だ。龍之助と弥五郎、伊三次の三人だけである。弥五郎は遠慮なく言う。

「ともかく、これからしばらく若い者にも常娥から目を離さねえように言っておきやすが、侍の色ごとの騒ぎは他所《よそ》でしてもらいてえもんで」

「さて、どうなるか。俺にもそこは分からねえ」

「そりゃあ困りやすぜ」

言っているところへ、

「旦那、旦那。いま青木与平太が」

縁台で常娥のようすをうかがっていた左源太が土間の廊下に走り込んできた。

「おう」

弥五郎と伊三次は素早く立ち、おもてに出た。青木与平太の面を確かめておくためだ。左源太と一緒に見張っていたお甲が、かすかに手で示した。青木与平太が暖簾を出て、編笠をかぶろうとしているところだった。

「なるほど、しまりのねえのっぺりした面してやがらあ」

弥五郎は呟《つぶや》いた。青木与平太は編笠をかぶると大股で常娥の前を離れた。おコンは見送りに出ておらず、唐八とモエが往還でふかぶかと頭を下げている。

「あの常娥の夫婦も、いい面の皮でござんすねえ」

皮肉を込めて言ったのは伊三次だった。

まだ陽は沈んでいない。

「それじゃあっしらはこれで」

縁台からそのまま弥五郎と伊三次は神明町の通りへ入った。縁台には龍之助と左源太、お甲の三人になった。そろそろ夕刻を迎える時刻で、街道の動きが陽のあるうちにと大八車や荷馬、それに人も慌しくなり、ゆっくり縁台に座って茶を呑む者もいない。茶店紅亭は日の入りとともに縁台をかたづけ暖簾も幟も下げ、中に客がいなければ雨戸も閉めてしまう。

「兄イ。どうなりやすね、このさき。あの二人、きっとぶつかりやすぜ」

「おそらく」

「常娥なんて、たたんでしまってくださいよ、龍之助さま。街道に向かって臆面もなく、ほんと目障りです」

左源太が言ったのへお甲がつないだ。きつい目を常娥の玄関に向けている。何事もなかったかのように、常娥の暖簾が夕風に揺れている。

「たたむ……そうなるかもしれん。常娥の夫婦におコンか。要領のいいところが、けえって揉め事の火種になりそうだからなあ」

「もうなってるじゃありやせんかい。だっちもねーっ」

左源太はいつもの口癖を吐いた。どうしようもない……常娥の三人にも、まだ明確な策を出し得ない龍之助にも向けられたもののようだった。

「ま、そうだが。きょうはおめえたちももう帰れ。ともかく俺はあしたにでも、きょうのことを松平屋敷の加勢さんの耳には入れておこう。青木与平太め、なにをしでかすか分からんやつのようだからなあ」

言いながら縁台から腰を上げ、慌しさを増す街道のなかに歩を入れた。左源太とお甲は龍之助の背に軽く会釈をし、神明町の通りへ入った。二人とも不満そうだった。表面は平穏無事だったが、事態の進展しなかったことが気に入らないのだ。

左源太は神明町の裏通りの長屋に塒《ねぐら》を置き、おもて向きは生姜とともに神明宮名物になっている千木筥《ちぎばこ》を組み立てる薄板の削り職人ということになっている。凝《こ》った弁当箱の細工物で、そこに使う板は曲げ師が曲げやすいように薄くかつムラなく刃物で削らなければならないため、手先が器用でなければできない。左源太の削った小さな板は曲げ師に評判がよく、ダラダラ祭りのときなど注文が殺到して忙しいのだが、いまは龍之助の岡っ引稼業にかなりの時間が割《さ》ける。

常娥の唐八とモエが平身低頭し、菓子折を持って大松一家の住処《すみか》に訪《おとな》いを入れたのはその日のうちだった。折箱の底に見ケ〆料が入っていたことは言うまでもない。応対した伊三次は、

(なにをいまごろ)

思いながら受け取ったことだろう。

陽の落ちかかったなかに、龍之助は宇田川町の甲州屋に立ち寄った。八丁堀への帰り道で、街道から脇道へ入ったところにある。あるじの右左次郎《うさじろう》に、

「松平屋敷の加勢充次郎どのに、重要な話がござれば、あした昼四ツ(およそ午前十時)ここで」

言付けを頼んだのだ。暗くならないうちにと、甲州屋は龍之助の目の前で幸橋御門に手代を走らせた。

甲州屋は松平屋敷出入りの献残屋で、屋敷に持ち込まれる献残物やその他の贈答品の買い取りをほぼ一手に引き受けている。

「人と人の関係だけじゃございませぬ。物を大事にして物流を潤滑にするのも、手前

ども献残屋の仕事でございます」

日ごろから右左次郎は言っている。定信が老中首座に就いた前後から、屋敷にはさまざまな方面から贈答の品が運び込まれ、甲州屋の忙しさはいまなおつづいている。当然、どの大名がなにを松平屋敷に贈ったかも詳しく把握している。大松の弥五郎とおなじ四十がらみだが顔はまるで異なり、面長《おもなが》で金壺《かなつぼ》眼《まなこ》の目を龍之助に向け、

「鬼頭さまも、ますます松平さまの奥向きを垣間見《かいまみ》られるようになりましたねえ。おもしろうございますよ」

ニコリとするところなど、なかなか底の深い商人である。もちろんその甲州屋右左次郎も龍之助を、

（おもしろい同心）

思いながら、その出自《しゅつじ》までは知らない。また、知ろうともしない。

「お互いになあ」

龍之助は返し、ふたたび街道に出た。陽が沈もうとしている。夏場のことで暮れなずむ時間は長く、提灯《ちょうちん》を必要とする前には八丁堀に帰れそうだ。

歩を進めながら、

（大丈夫か）

胸騒ぎがした。なにがどう大丈夫か、それが自分でもよく分からない。常娥の玄関前で青木与平太にふかぶかと頭を下げて見送り、その姿が見えなくなってから唐八は茶店紅亭に駈け込み、

「——あの青木与平太さま、部屋でおコンを突き飛ばし、水野屋敷の置田さまから贈られた前掛を脇差でズタズタに切り裂かれ、あしたにでも置田さまが見えたらどうなるか、もう恐ろしゅうて」

言ったのだ。大松の弥五郎が、置田右京之介も青木与平太も〝底の浅え〟と表現した〝馬鹿騒ぎ〟と言ったのはそこを指している。武士も町人も男女の別も問わず、そうした〝底の浅え〟者ほど、頭に血が上ったとき何をするか予測がつかないのだ。

(ともかくあした、松平屋敷の加勢さんに)

思ったとき、足はもう街道を離れ、八丁堀に入っていた。

翌朝である。夏の太陽が昇ったばかりだった。龍之助は呉服橋御門内の北町奉行所に出仕し、それから宇田川町に向かう予定だった。だから下働き夫婦の茂市とウメにもそう話し、早めの朝餉《あさげ》を摂《と》っているときだった。

「旦那さま！　松平屋敷の岩太《いわた》どんが！」

朝日の庭から茂市の皺《しわ》枯《が》れた声が聞こえた。龍之助と松平屋敷のつなぎは、いつも加勢に命じられ岩太が走っている。龍之助に心酔している、松平家の中間《ちゅうげん》だ。

「なに！」

龍之助は縁側に出た。岩太は庭にまわり、額の汗をぬぐいながら、

「加勢さまが、四ツ時ではなく、いますぐ私と一緒に宇田川町の甲州屋さんへ、と」

息せき切って言う。

「屋敷になにか出来《しゅったい》いたしたか」

「はい。勘定方の一人が昨夜から出奔《しゅっぽん》し、いなくなったと伝えれば、鬼頭さまはすぐに来られようから、と」

「なに！」

予測のつかなかったことに、しかもその動きの早かったことに龍之助は驚いた。勘定方であれば、藩金も持ち出していようか。松平屋敷では女の許《もと》に走ったと解釈していよう。だから早急《さっきゅう》にかつ極秘に龍之助に依頼し、内々に処理したいのだろう。だが龍之助には、青木与平太出奔の目的は分かっている。

――水野家の家士を殺害するため
理由を説明すれば、加勢充次郎は仰天するだろう。実際に刃傷《にんじょう》が発生したなら、

それはもう家臣の色狂いの騒動どころでなくなる。〝謹厳実直〟が売りの松平定信は世間の物笑いとなり、向後の政道は出足からつまずくことになる。あるいは水野家がなにがしかの政争の具にするやもしれない。

（おもしろい）

龍之助は内心込み上げるものを感じ、

「茂市、ウメ。いますぐ出かけるぞ」

「えっ、朝餉の途中ですのに」

居間からウメの声だ。

「かまわぬ」

龍之助は返し、

「岩太、そこで待っておれ」

庭に声を投げ、衣服をととのえるため龍之助は居間に急ぎ戻った。近辺の同輩たちの組屋敷では、いまようやく朝餉の用意がととのったころである。

二　斬り込み

一

案の定だった。

朝早く、甲州屋の奥座敷で加勢充次郎《かせみつじろう》は、

「なんと！　水野の家臣とな⁉」

仰天し、鬼頭龍之助《きとうたつのすけ》もまた緊張した。

「その青木与平太《あおきよへいた》の行方が分からぬのじゃ」

加勢は龍之助から常娥《じょうが》の話を聞いたあと、言ったのだ。

このことから、龍之助と加勢は甲州屋の奥座敷で、単なる状況説明だけでなく、額《ひたい》を寄せ合うところとなった。加勢も常娥の話を聞いたのでは、思うところは龍之助とおなじである。勘定方の青木が藩金を持ち出したことはにおわせたが、額は言わなかった。だが、持ち出したのが一両でも百両でも公金横領のうえの脱藩であり、藩士としてその犯行は無謀以外の何物でもない。無謀の先に予見できるのは、およそ平常心では考えられない行為となるはずだ。

(青木与平太は、水野家の置田右京之介《おきたうきょうのすけ》を狙う)

その置田が行列の先触《さきぶれ》とあっては、路傍《ろぼう》から不意に飛び出せば容易に襲える。

「きょう……か」

「それとも……あした」

額を寄せ合った龍之助と加勢は、同時に言ったものである。事態はもはや、町方の龍之助と松平家足軽大番頭《おおばんがしら》の加勢との二人だけで、どうすると決めることができる範囲を超えている。

「きょうの日の入り、暮れ六ツにふたたびここにて」

加勢充次郎はあらためて要請し、龍之助は承知した。加勢の脳裡は混乱し、龍之助もまた同様だった。路上で青木与平太を取り押さえるのは、

(できないことではない)

だがそれでは、

（おもしろくない）

思いが龍之助にはある。

だが加勢充次郎には、

（なんとしてでも事の起こる前に）

至上の課題なのだ。

二人は甲州屋右左次郎《うさじろう》に見送られ宇田川町《うだがわちょう》を出ると、加勢は北へ、龍之助は南へ向かった。北は外濠《そとぼり》の幸橋御門《さいわいばしごもん》で、南は神明町《しんめいちょう》だ。

幸橋御門内の松平屋敷は緊張した。といっても中奥の家老部屋だけだが、

「うむむっ。青木与平太めっ、八つ裂きにしてくれよう」

江戸屋敷次席家老の犬垣伝左衛門《いぬがきでんざえもん》は唸《うな》った。これこれしかじかと水野家に説明し、

〝よって警備を厳にされたし〟などと申し入れることはできない。松平屋敷から沿道に警備の者を出すのも憚《はばか》られる。幸橋御門外の愛宕山下大名小路の武家地から宇田川町、神明町、浜松町と新堀川《にいぼりがわ》の金杉橋までの街道筋に藩士を出せばそれこそ目立ち、

「老中首座の松平さまはなにを恐れていなさる」

世評の的になり、公金横領と女狂い藩士の二重の〝お家の不祥事〟をおもてにする

ことにもなりかねない。十五歳と若い将軍（家斉《いえなり》）を擁し柳営《りゅうえい》（幕府）の頂点に立った松平定信は、その出足から大きくつまずくことになる。

「それゆえに今宵、町方の鬼頭龍之助と再度甲州屋にて」

「ふむ。あの者、なかなか頼りになりそうじゃのう。殿にも言上《ごんじょう》し、ご裁可を得ておくゆえ、くれぐれもおもてにならぬように」

足軽大番頭の加勢充次郎が言ったのへ、次席家老の犬垣伝左衛門は念を押した。

神明宮石段下の割烹紅亭《かっぽうべにてい》では、

「冗談じゃねえですぜ」

丸顔で坊主頭の大松の弥五郎《やごろう》が目を剝いていた。部屋には貸元の弥五郎と代貸の伊《い》三次《さんじ》、町方同心の龍之助とその岡っ引の左源太《さげんた》、お甲《こう》の五人が顔をそろえている。

「街道筋でも神明町と筋向かいの常娥の近辺までなら、青木与平太なる侍がどんな変装をしていようと押さえ込んでみせますさあ。ま、宇田川町のほうなら、甲州屋の右左次郎旦那に入ってもらって向こうの貸元と話をつけ、若い者を出すことはできますさあ。ですが浜松町のほうは……」

ちょいと面倒だと弥五郎は言うのだ。浜松町のあたりは広大な増上寺門前町と隣接し、そこには複数の貸元が割拠して浮沈が激しく、その煽《あお》りを受けて浜松町一帯も数人の貸元が立ち、顔ぶれもよく変わるのだ。そのようなところへ手をつければ、

「――つまらねえ抗争に巻き込まれまさあ」

以前、弥五郎が龍之助に話したことがある。だが、飢饉で江戸でも騒動が発生したとき、浜松町の街道筋まで大松一家が人を出し、龍之助の手足となって一帯の平穏を維持したのだ。結局こたびも、

「見落としがあって、浜松町あたりで先触への斬り込みがあってもおもしれえじゃねえか」

龍之助が言うにいたって、

「ま、旦那がそこまで気楽にいてくださるんなら」

弥五郎は、若い者を縄張の外にまで出すのを承知した。さっそくきょうからだ。その場で弥五郎は伊三次を差配し、人の手配をさせた。だが、実際〝気楽に〟構えておられないことは、弥五郎も伊三次も解している。水野家の登城経路はすべて、幸橋御門を入るまで龍之助の定廻りの範囲内であり、いわば龍之助の縄張内《しまうち》であることを弥五郎たちは心得ている。その縄張内で大名行列に〝慮外者《りよがいもの》〟などがあったのでは、龍之助の奉行所での立場が困ったことになる。

「へへ、あっしも」

左源太も腰を上げ、腹掛《はらがけ》の大きな口袋《こうたい》を、

「ぬかりありやせんぜ」

手で軽く叩き、龍之助は無言で頷《うなず》きを返した。きのうから、左源太の腹掛の口袋には分銅縄《ふんどうなわ》が入っている。左源太が甲州街道の小仏峠《こぼとけとうげ》で猟師をしていたとき、鹿や猪《いのしし》を捕えるのに独自に編み出した捕獲用の縄だ。二尺（およそ六十糎《センチ》）か三尺（およそ一米《メートル》）ほどの縄の両端に握りこぶしほどの石を結びつけただけのものだが、これで樹林に走る鹿や猪を仕留めていた。仲間の猟師もおなじものをつくったが、一匹の鹿も猪も仕留められなかった。瞬時に反動をつけて投げ、しかも走る獣の足に命中させてからませるなど、コツがいるうえに相当機敏でなければできない芸当なのだ。

「――町中《まちなか》で人間の足にからませるなんざ、軽いもんでさ」

左源太は言っていたが、実際にそうだった。

伊三次と一緒に部屋を出る左源太に、

「あら、あたしも用意しておかなきゃ」

お甲が言った。手裏剣だ。旅の一座で軽業《かるわざ》と手裏剣投げで評判をとっていた一時期が、お甲にはある。屋根から回転しながら飛び降りざまに五、六間（七～九米）先の標的に命中させることもできる。左源太とお甲のこれらの技《わざ》には、大松一家の若い衆はむろん、弥五郎も伊三次も一目置くどころか舌を巻いている。お甲が任俠の世界に入ったとき、たちまち賽《さい》の目を自在に出す女壺振り名人として知られるようになったのも、体の敏捷さと手先の器用さが物を言っているのだろう。賽の目も龍之助の探索に役立つが、おもてにできない闇走りに、左源太とお甲の隠し技がこれまでどれだけここ一番の力を発揮してきたか数え切れない。

「あはは、鬼頭の旦那。左源太どんとお甲さんの二人だけでも、青木与平太みてえなのっぺり侍なんざ十分じゃありやせんかい」

話がまとまってから、弥五郎は言ったものだった。

その日、水野忠友《みずのただとも》は通常の四ツ（およそ午前十時）上がりの八ツ（およそ午後二時）下がりで、沿道の見まわりは楽だった。幸橋御門を入ると、行列は行きも帰りも松平屋敷の前を通過する。青木与平太がいくら常軌を逸していても、そのような城内で斬り込みをかけるはずはない。

町家でも宇田川町から金杉橋まで左源太が、行列の先触の前を露払《つゆはら》いのように歩いたが、

「拍子抜けしやしたぜ」

　街道に面した茶店紅亭に戻ってきて言ったものだった。

「それなら、置田右京之介が常娥に通うところを狙っておるのかなあ」

　と、茶店紅亭が見張りの詰所となり、大松一家の若い者が周囲を巡回したが、夕刻になっても、

「それらしき者、見かけやせん」

　と、どの報告もおなじだった。

　常娥の中では、唐八とモエ、それにおコンが震え、唐八などは、

「よろしゅう、よろしゅうお願いいたしまする」

　ななめ向かいの茶店紅亭に幾度も足を運んでいた。


　陽が沈みかけた。増上寺が打つ暮れ六ツの鐘を聞きながら、龍之助が宇田川町の甲州屋に行くと、加勢充次郎はさきに来て待っていた。お供の中間は岩太《いわた》だった。龍之助は左源太をともなっている。職人姿の左源太が龍之助の岡っ引であることは加勢も承知しており、甲州屋の番頭の手配で左源太と岩太は別間のおなじ部屋に控えた。これも龍之助の策の一つである。すでに左源太と岩太は昵懇《じっこん》の仲で、別間であるじの談

合が終わるまで、甲州屋の用意した茶菓子を前に、松平屋敷内の動きがいろいろと聞けるのだ。

奥座敷では、

「と、まあ、きょうの町家はさような状況でござった。そちらはいかがでござろう、青木与平太どのの所在は……」

「さようでござったか。いや、ご留意くださり、かたじけのうござった。実は、あの者の所在がまったくつかめぬので困っておりもうす。きょうが無事であってもあすはどうなるか。潜伏するとすれば町家でござろう。ともかく町家での探索を、それがし個人ではなく、藩として貴殿にお願いしたい」

すでに定信の裁可を得ているようだ。やはり町家のことは武家には困難であり、町方に任せるのが一番との認識が、松平屋敷にもあるのだろう。現実的で、適切な認識だ。加勢はさらにつづけた。

「あすよりしばらく、水野家の行列は出て来ぬ。わがあるじが水野家に、暫時《ざんじ》藩邸にて休息あるようにと、使者を金杉橋向こうの藩邸に出しましてな。期限は切っておらぬが、できるだけ早期に青木与平太の所在を突きとめ、当方にお知らせ願いたい」

「なんと。むろん、分かれば知らせもうすが」

龍之助は軽い驚きを禁じ得なかった。藩士の色狂いを隠蔽するため、松平定信は老中首座の職権を行使したのだ。水野屋敷は登城停止の理由を知るはずもない。置田右京之介なる家士が街道筋の〝常娥〟という水茶屋の妓《おんな》に入れ揚げていることも、掌握していないのだ。

——出仕するに及ばず

水野家では間違いなく、

(ついに田沼一派の残党としての、糾弾《きゆうだん》の前触れか)

詮索《せんさく》し、いまごろ藩主の忠友はいうに及ばず、藩邸全体が戦々恐々としていることだろう。

加勢はさらにつづけた。

「もし青木与平太に狼藉の振舞いあらば、その場で誅殺《ちゆうさつ》するも差し支えござらぬ」

「うっ」

驚きよりも、龍之助は呻《うめ》き声を上げた。

「あの者、すでに当藩の家士にあらず。よって死体は、無宿浪人者として町方でご処理ありたい」

「よろしいのか」

双方向かい合って端座している。そのまま龍之助は上体を前にかたむけた。加勢はまた、

「探索には奉行所の捕方《とりかた》ではなく、土地の者を私的に動かせば、費用もなにかとかかりもうそう」

二つ折りにした紙をふところから取り出し、畳に置き龍之助のほうへ押し出した。

「とりあえず十両、動員の費消に充《あ》ててくだされ。なお、向後のつなぎはすべてこの甲州屋にしていただきたい。むろん、話はもう右左次郎に通じてござる」

用意周到だ。松平屋敷はそこまでこたびの件を、

（重視しているのか）

龍之助は痛感した。

帰りも、前後いくらかの間を置いて双方は甲州屋の玄関を出た。外はもう提灯のいる時分となっている。龍之助と左源太が暫時、甲州屋に残った。部屋にあるじの右左次郎が面長《おもなが》に金壺《かなつぼ》眼《まなこ》の顔を見せた。

「ふふふ。松平さまは、かなり慌てておいでのようでございますねえ」

行灯《あんどん》の灯りのなかに低い声を入れ、左源太がそれに応じた。

「岩太が言っておりやしたが、屋敷内じゃ青木与平太の一件は噂することとまかりなら

ぬとのお達しが出ているそうでございやすよ。それにこの件で動いているのは、さっきの加勢充次郎さんお一人で、きょう外へ探索に出たのも配下の足軽が数名と、きわめて限定されていたそうでやすよ」

「なるほど、謹厳実直の老中首座さまのお屋敷から、女狂いに藩金持ち出しが出たんじゃサマになりませんからねえ。おかげで手前どもはますます松平さまのお屋敷へ深《ふこ》う入って行けまする」

右左次郎は返した。

「あはは。世間は倹約に向かうというのに、ご本家の松平屋敷は、そうでもないようだなあ」

「さようで」

右左次郎は玄関先まで、龍之助と左源太を見送った。

「そうそう、鬼頭さま」

丁稚が持ってきた提灯を龍之助に渡しながら右左次郎は言った。

「きょう昼間、常娥の唐八さんが来て、八丁堀への贈答の品をみつくろってくれと言うので、ある大名家から買い取ったばかりの鶴の塩漬け肉がありましたので、それをお買い上げいただきました。もしお屋敷で消費されなければ、手前どもにお下げ渡しを」

「おっ、そりゃああっしがいただき。長屋の住人全部呼んで、鶴で一杯たあ縁起がようござんすぜ」

冗談口をたたきながら、甲州屋の玄関前で龍之助と左源太は北と南に分かれた。その夜、龍之助が八丁堀の組屋敷に帰ると、贈答の品が届けられていたが常娥からではなく、

「旦那さま、松平さまのお侍がこれを」

下男の茂市が床の間に置いた菓子折を指さした。その場で開けると、行灯の灯りにキラリと十両、茂市もウメも目を瞠《みは》った。青木与平太を町家で始末して無宿浪人者として処理せよとの役中頼《やくちゅうだの》みだ。ますます用意周到だ。その場で茂市とウメの老夫婦に一両、あしたには大松の弥五郎が、

「滅相もありやせん」

言いながら五両も袖の下で音を立てることになろうか。さっき甲州屋の玄関で、左源太もお甲の分も合わせ、

「――へえ、まあ」

小判二枚を腹掛の分銅縄と一緒に入れて持って帰ったのだ。見ていた右左次郎は、

「――左源太さんもお甲さんも、いい旦那につきましたねえ」

言ったものだった。

二

動きがない。こうしたとき、一日の過ぎるのがことさら長く感じる。松平屋敷からは中間の岩太が日に二、三度も宇田川町の甲州屋に、

「鬼頭さまからつなぎはありませぬか」

訊《き》きに来る。そのたびに手代が神明町に走り、

「いかがでございましょう」

街道筋の茶店紅亭に急ぎ足をつくる。茶店紅亭が、青木与平太探索の詰所のようになっているのだ。もちろん茶店紅亭にも、龍之助から松平屋敷の包んだ役中頼みの数枚が渡り、相応の手当てはしている。

行けば龍之助か左源太かお甲か、それに伊三次かその手の者が詰めている。だが返答はいつも、

「分からねえ。水野屋敷の置田右京之介も常娥に来ねえ」

である。だが、範囲は見当がつく。青木与平太の狙っているのは置田右京之介だ。ならば、

――浜松町から神明町、宇田川町、それとも増上寺門前町か

捜《さが》して找《さが》せない土地ではない。それが見つからないというのは、

「野郎、いずれかに名を騙《かた》り、逼塞《ひっそく》してやがるか」

迂闊《うかつ》に動かないところから、

「青木与平太め、感情で動いているだけじゃなく、用心深いところもあるようだな」

「そのようで。こっちもそのつもりで、もう一押し、増上寺門前のほうにも探りを入れてみましょうかい」

龍之助に伊三次が返し、三日、四日が過ぎた。常娥の唐八もモエも、それにおコンも、

「もしも、もしも青木さまが斬り込んでくれれば、よろしゅう、よろしゅう……」

幾度も蒼ざめた顔を茶店紅亭に見せていた。

月は変わり、神無月《かんなづき》（十月）二日を迎えた。街道に舞い上がる土ぼこりは、寒風に肌を刺すものとなっている。

まだ金杉橋向こうの水野屋敷に出仕の赦《ゆる》しが出ず、街道筋は行列のないのをよろこ

んでいたが、柳営には動きがあった。きのうからそれは噂されており、

「おう、左源太。きょうはおめえに任すぜ」

龍之助は呉服橋御門内の北町奉行所に出仕した。

柳営の動きは奉行の曲淵甲斐守《まがりぶちかいのかみ》が下城し奉行所に戻ってくる前から、同心溜りにながれていた。

「ほう、やはりのう」

「こりゃあ、田沼さまの残党狩りは過酷を極めるぞ。くわばら、くわばら」

同僚の同心たちは額を寄せ合っている。水野家の出仕停止を、やはり田沼一派締めつけの強化の前兆と受けとめているようだ。龍之助は、

「ほう、さようなことで」

相槌《あいづち》を打っていたが、

(噂は誇張であって欲しい)

秘かに念じた。

昼八ツ（およそ午後二時）を過ぎ、奉行の曲淵甲斐守が、与力の平野準一郎の先導で戻ってきた。与力たちが奉行部屋に呼ばれ、ついで内容が詳しく同心溜りにも伝えられた。そこに、

――栄耀華々《えいようはなばな》しきを慎《つつし》み……各々《おのおの》、世上一般の範となり……

松平定信の老中首座に就いたときの言葉がくり返された。定信は、おりに触れては就任の言葉を舌頭《ぜっとう》に乗せているようだ。それも関連しようが、龍之助の関心事がもう一つあった。この日、田沼意次《たぬまおきつぐ》への断が下されたのだ。相良《さがら》藩五万七千石を領していた田沼家は、すでに昨年のうちに二万石を没収されており、きょうの処断でさらに二万七千石を召し上げられたというのである。残ったのは一万石だ。

「老中首座であらせられる松平さまのお慈悲により……」

曲淵甲斐守は与力たちに言ったそうな。田沼家は意次の孫・意明《おきあき》に家督相続が許され、陸奥下村藩《むつしもむらはん》一万石にかろうじて大名家として存続することになったという。もちろん五万七千石時代の本郷弓町の上屋敷、日本橋浜町の中屋敷は明け渡しを命じられ、意次は日本橋蠣殻《かきがらちょう》町の下屋敷に蟄居《ちっきょ》するところとなった。

意明は新将軍の家斉《いえなり》と同年で今年十五歳である。一万石の大名になったというものの、これから松平定信の締めつけが待っており、藩財政は苛酷なものとなろう。この意明なる家督継承者……龍之助の甥《おい》にあたる。

(憐れよのう)

面識はないが、同情を禁じ得なかった。

同心溜りの関心事は、過去の人となった田沼意次の処遇よりも、

「うーん。これからの世の中、厳しくなるぞ」

「それよ。大名家や旗本家からの役中頼み、なくなるのかのう」

「受け取るにも、用心がいるぞ」

そこに集中していた。

「そうなりますかなあ」

龍之助は相槌を打ちながら、それらヒソヒソ話の聞き役にまわった。松平家から、あからさまな役中頼みをもらったばかりだ。しかも定番の熊胆《ゆうたん》や干貝、千鳥肉などといった生易しいものではなく現金そのものであり、それも十五両という大金で、

「――向後も必要に応じて」

加勢充次郎は言っていた。

「それがし、ちょいと微行《びこう》に」

龍之助はさりげなく腰を上げた。

「これは鬼頭さん。最近は微行が多いですなあ」

「あゝ。街道に寺社門前も広うござるから」

「大変でしょう、あの一帯は」

同僚が声をかけてきたのへ応え、さらにまた別の同僚が同情にも似た声を背に投げてきた。実際、天下の東海道を定廻りの範囲に収め、さらに奉行所の手が入りにくい広大な寺社門前まで域内にした定町廻り同心は珍しい。

「まあな」

龍之助は軽く返し、奉行所を出た。陽はまだ高い。行き先はむろん、神明町の茶店紅亭である。まだ〝無宿浪人者〟青木与平太の所在がつかめないのだ。

「増上寺のほうへ、それとなく探りをいれておりやす」

大松の弥五郎は言う。増上寺の大門《だいもん》から東へ広場のような大通りが二丁（およそ二百米）ほどにわたって伸びており、その大通りの南側が増上寺の門前町で、北側に大松一家が仕切る神明宮の門前町がある。その南側に、弥五郎は土地の貸元衆に気を遣いながら探りを入れている。だがその一帯に割拠する貸元衆にしても、自分たちの縄張内の木賃宿にどんな者が入っているかなど、いちいち把握していない。やはり一番確実なのは、常娥を張って青木与平太が現れるのを待つことである。

街道に出てからも、龍之助の脳裡は青木与平太よりも、

（父上はいまごろ、いかように……）

その心中を思えば、意次が飛ぶ鳥を落とす勢いであったころには恩恵などなにも受

けていないが、いまとなれば痛ましいものを感じざるを得ない。

「おっとっと。おっ、これは旦那！」

前から来た大八車が龍之助を避けて通り過ぎた。知らぬまに往還のまんなかを歩いていたようだ。

「旦那、ほら、うしろから町駕籠が」

着流しに黒羽織で雪駄に小気味のいい音を立てて歩く龍之助に、横合いからも声が飛んだ。

「おう」

龍之助は歩を脇のほうへ向けた。駕籠舁き人足の足からも龍之助の雪駄からも、土ぼこりがわずかに舞っている。

（左源太に……）

思いもするが、

（いや、こたびは……）

胸中に込み上げてくる。これまで、田沼意次との連絡や近況報告は、

「――そなたが直接来てはならぬ。いまとなっては、儂《わし》の血筋であるとなればいかなる災禍《さいか》が及ぶか知れぬでのう」

意次は言い、左源太かお甲が代わりに蠣殻町の下屋敷に出向いていたのだ。だが、〝こたびは〟である。

足は宇田川町を過ぎ神明町に入った。

「あ、旦那」

縁台で腰を上げたのは、大松一家の若い衆だった。

「まだ、現われやせん。へえ、左源の兄イですかい。ちょいと見まわりをって、近くへ出ておりやす」

きのうおとといと変わりのない報告だった。

「ふむ」

茶店の奥の部屋に入った。

左源太はすぐに戻ってきた。やはりおなじ報告だった。それよりも、

「兄イ、どうしやしたい。顔色がちょいとすぐれやせんぜ」

「分かるか」

「そりゃあ、もう」

左源太とのつき合いは長い。

田沼家が一万石になったことを話した。あすにでも巷間《こうかん》にながれることだ。

「やっぱ、そうなりやしたかい」

予期していたことで、左源太はさほど驚かなかった。だが、

「きょうにでも、あっしかお甲か、ちょいと蠣殻町をのぞいてきやしょうかい。田沼の殿さま、兄イの名代というだけで、およろこびになりやすぜ」

「いや、それには及ばん。俺が直接、今宵にでも」

「大丈夫ですかい。どこに誰の目が光っているか分かりやせんぜ」

二人とも額を寄せ合うほど声を落としているところへ、

「鬼頭さまへ、茂市さんが……それに、お武家がお一人」

廊下のほうから、みょうな取次ぎは茶汲み女の声だった。

「お武家？」

言いながら左源太が腰を上げ、板戸を開けると、

「あっ、これは！」

左源太は腰切半纏の襟《えり》を合わせ、居住まいを正すようにその場へ膝を折り、端座になった。龍之助は無言で頷き、

「かようなところなれど、ともかくこれへ」

殺風景な部屋の中を手で示した。武士は、龍之助や左源太、お甲が蠣殻町へ出向い

たとき、いつも応対に出る田沼家下屋敷の用人だった。左源太もきょうの処断を聞いたばかりである。事情を解したか、

「すまねえ、茂市さん」

言うと、用人が部屋へ上がるのを待ち、茂市を外に待たせるように板戸を閉めた。用人は意次の用事で八丁堀の組屋敷を訪れ、おそらく直接龍之助へ伝えるように言われ、茂市に案内され神明町まで来たのだろう。

部屋の中は龍之助と左源太と用人の三人となった。用件は短かった。用人は部屋に端座すると、

「殿には日々ご心痛あらせられ、鬼頭さまにはあす日の入りの時刻、蠣殻町の下屋敷にお越し願いたい、と。なお、お越しのさいには、くれぐれもご用心あれ、と」

「分かりもうした」

用人も真剣な表情なら、龍之助も悲痛な表情で応じた。

(処断のこと、すでに聞き及んでおりもうす)

龍之助の表情は語っており、用人もそれを解したか無言の頷きを見せ、

「用件はこれのみにて」

腰を上げ、自分で板戸を開けた。

「あれ、もうおすみで？」

廊下から茂市の枯《か》れた声が聞こえる。左源太が外まで見送りに立とうとしたのへ、

「よせ」

「へえ」

龍之助はとめ、左源太は腰をもとに戻し、

「あした日の入り時分、まだ明るいですぜ。大丈夫ですかい」

「分からねえかい。昼間ならどこから俺の面《つら》を見られるか知れたものじゃねえ。更けてから影だけとなりゃあ返って怪しまれ、帰りを待ってあとを尾《つ》けるやつがいるかもしれねえ。八丁堀までなあ」

「なるほど。暮れ六ツのどっちつかずの時分が、一番安全てことで」

「それに窺《うかが》っているやつがおれば、こっちからも気がつくしなあ」

「もっともで」

いまがちょうどそのどっちつかずの時刻で、夕陽の街道から、一日の終わる慌しさが伝わってくる。おもてからの報告は、きょうもまたきのうと変わりのないものだった。水野家の置田右京之介も、常娥に姿を見せていない。出仕するに及ばず……で、家臣一同恐々としたなかに屋敷を抜け出し、妓《おんな》の許《もと》に通うなど気が引けるのだろう。

むろん置田は、松平屋敷の家士に狙われていることも、その者におコンへ贈った前掛が切り裂かれたことも知らないのだ。

「さあて」

龍之助は帰途についた。まだ提灯は必要としない。来たときほどボーッとした足取りではなかったが、やはり思えてくる。左源太やお甲には悪いが、

(あした……代理よりも直接顔を……)

意次も、それを望んでいるのだ。

三

朝は北町奉行所に出仕し、午過《ひるす》ぎには神明町に向かい、

「きょうも青木与平太め、いずれかに潜んだままとあっては、かえって不気味な感じがするなあ」

「そのようで。あののっぺり侍、思ったより思慮深いのかもしれやせんぜ」

茶店紅亭の奥の部屋で龍之助が言ったのへ、見まわりの助っ人《すけっと》に来ていた伊三次がまじめな表情で言っていた。

陽がかたむきはじめたころ、

「それじゃ俺は帰《けえ》るから。おっと、そのまま。見送りはいらねえ」

「へえ」

伊三次は上げかけた腰をもとに戻した。

街道の縁台にはお甲が座っていた。

「本来なら、おめえたちも連れて行きてえんだがなあ」

「あらあら、龍之助さま。あたしゃ邪魔なんかしませんよう」

見送るように立ち上がった。きょうのことは、左源太から聞いているようだ。従順で可憐なことを言う。その姿に、急に気が変わった。

「おう、お甲。すぐ左源太を呼んで来い。おめえらも一緒だ」

「えっ、いいんですか！　龍之助さま⁉」

言ったときお甲はもう神明町の通りへ下駄の音を響かせていた。

左源太はすぐに来た。

「へへへ、兄イ。ホント、いいんですかい」

言いながら、左源太は露払いでもするように先に立っていた。

地味な着流しに黒っぽい羽織の二本差しに、腰切半纏を三尺帯で決めた職人姿の左源太と町娘風をつくったお甲がつづいている。気さくな八丁堀に、町家の者がなにやら所用でつき随《したが》っているように見える。

蠣殻町は街道筋の神明町からもさほど遠くはない。八丁堀が日本橋の架かる堀割《ほりわり》の南手海側にあれば、蠣殻町はその堀割の北側の海辺近くに位置する。神明町からなら手前が八丁堀で、蠣殻町へは日本橋を渡ってすぐ堀割沿いに東へ曲がることになる。

「おい、お甲。その下駄の音、なんとかならねえかい」

「なに言ってんのさ。あたしだけじゃないよ」

龍之助の背後に、左源太とお甲が言い合いながら歩を進めている。日本橋は近づいただけで騒音が響いてくる。橋板に響く下駄や大八車の音は、おなじ東海道でも金杉橋の比ではない。絶えることがないのだ。夕刻近くともなればなおさらだ。その響きに江戸の町を感じ、橋のたもとの茶店で縁台に陣取り、茶をすすりながら聞き耳を立てて目を細めている、粋人《すいじん》というより変人もいる。

その騒音を抜けたころ、そろそろ日の入りが近づき、堀割の往還に落とす影が一日で一番長くなっていた。町家を抜け、武家地に入ったころ、陽は沈んだ。日本橋石町《こくちょう》の鐘撞《かねつ》き堂から暮れ六ツの鐘が聞こえてくる。

これまで無言で歩いていた龍之助がわずかに振り返り、

「周囲に気をつけろ。不審な影はないか」

「へい」

低く言ったのへ、左源太も低く返した。こうしたことには左源太もお甲も慣れている。二人とも不自然にならないように、周囲へ気を配った。さきほどの日本橋とは異なり、静かだ。白壁ばかりがつづき、そこに人通りはない。念のため田沼屋敷の手前で脇道に入り、見張っている目がないか試したが、それらしい影はなかった。

白壁の路地を曲がった。路地といっても、町家の混み合った、庇《ひさし》と庇が重なり合うようなところではない。あるのは長い白壁のみだ。一帯にはしだいに宵闇の気配がかぶさってくる。歩をとめ、耳を澄ませば江戸湾の潮騒が聞こえる。

一筋の白壁に窪んだ箇所がある。三人にはすでに勝手知った田沼邸の勝手口だ。片開きの板戸が、壁に設けた木の枠にはめ込まれている。

「さて、どんな話でがしょうねえ」

「別段、用件などはないさ。誰しも、人恋しくなるときがあるものさ」

「そう、その思いには、お武家も町家も変わりありやせんや」

あたりに降りる宵闇に合わせたように左源太が低声《こごえ》を這《は》わせ、軽く板戸を叩いた。待っていたのか、

「へい」

かすかな声とともに板戸は開き、紺看板に梵天帯の中間《ちゅうげん》が顔をのぞかせた。互いに知った顔だ。中間は確認するように無言で頷《うなず》くと、

「しばらくお待ちを」

三人を中に入れ、庭の植え込みのあいだを母屋のほうへ駈けた。

すぐに、きのう神明町まで来た用人が小刻みなすり足で出てきた。

「おおう、三人おそろいで。きっと殿もよろこばれましょう。ささ、こちらへ」

裏庭の奥へ案内されるのもいつものとおりだ。

庭に面した廊下の雨戸はまだ閉められていない。屋内にかすかに灯りのあるのが見えるが、外はまだ提灯を必要とするほどではなく、互いの顔は確認できる。

龍之助は縁側の踏み石のところに片膝をつき、左源太はその背後に片膝と片手を地につき、さらにななめうしろにはお甲が着物の裾《すそ》をいくらか割り、左源太とおなじように片膝立ちの姿勢をとった。他に人影はない。だが、静寂であった以前とは、どことなく雰囲気が異なる。姿は見えないが、屋敷全体に人の気配が感じられる。上屋敷と中屋敷が召し上げられたのだ。必然的に、一つ残った下屋敷に身を寄せる人数が増えたのか……。裏庭のこの一角だけが、いま閑散としている。三人は片膝立ちのまま、

語る言葉はなかった。

待つほどのこともなかった。

「おぉう、おうおう。三人そろうて来たか」

廊下に出てきた意次《おきつぐ》は足音とともに庭へ声をかけ、板敷きに中腰になるとすぐ、

「さ、近《ちこ》う、近う寄れ」

気さくに胡坐《あぐら》を組んだ。だからといって、すぐ近くに寄れるものではない。さらに催促され、三人は一膝前に進み出た。龍之助は、意次と互いの吐息を感じるほど、縁側に近づいている。左源太もお甲も顔を上げた。まだ人の目鼻が確認できる明るさは残っている。

(老《ふ》けられた)

三人は同時に感じた。それは毎回思うことだが、こたびは声までかつての張りを失っているように感じられる。

「そなたら、もう聞いておろう」

「はっ」

龍之助は顔を伏せ、左源太とお甲もそれにつづいた。意次の声がながれる。すでに聞いている内容を話し、

「一万石、残っただけでものう、さいわいと思わねばならぬ」

「はっ」

「して、龍之助。そなたの身辺に変わったことはないか」

意次は自分のことよりも、それを訊《き》きたかったのだ。

「それにつきましては……」

龍之助は近況報告をかね、

「私の定廻りの域内に、常娥という水茶屋がありまして……」

話した。そこに松平家の勘定方に水野家の先触の名も出し、詳しく語る内容へ左源太とお甲も背後でしきりに頷きを入れ、

「献残《けんざん》商いの甲州屋で、松平家の足軽大番頭《おおばんがしら》と常につなぎを取っておりまして……」

話が役中頼みの金子の額にまで及ぶと、

「あはははは」

突然、意次は笑いだし、

「そなたの探索をそなたに依頼するばかりか、あはははは。さような探りまでもな」

声はさも愉快そうだった。

「おもしろい。おもしろいぞ龍之助。合力《ごうりき》してやれ、松平にのう。恋狂いの敵が水野

の家臣とは、これはまたとんだめぐり合わせじゃ。そなたの力量で、双方ともに天下に恥をさらさぬよう、なんとかしてやれ。これもご政道を正す一つと思うてな。これ、左源太とお甲」

意次は背後の二人にも声をかけた。

「はーっ」

二人は畏《かしこ》まった。

「おまえたち二人、儂《わし》も心強う思うておるぞ。龍之助をのう、よしなに頼むぞ」

「ははーっ」

左源太とお甲は膝立ちのままひれ伏した。

話はそこまでだった。意次は立ち上がり、

「龍之助、赦《ゆる》せ。本来なれば……」

「申されますな、それを……」

あらためて言おうとする意次を、龍之助はさえぎった。本来なら、人も羨《うらや》む恩恵を受けて然《しか》るべきはずが、その時期は捨て置かれ、いまは血筋を隠すことが〝恩恵〟となってしまっているのだ。

廊下から人の気配が去り、龍之助たちも腰を上げた。あたりはもう提灯のいる暗さとなっている。すかさず中間が火の入った無地の提灯二張《ふたはり》を持ってきた。

勝手口を出ようとしたときだった。

「お待ちを」

あの用人が龕燈《がんどう》を手に走ってきた。板戸の内側に三人は立ちどまった。

「龍之助さま、それにお供のお二方《ふたかた》。ありがとう、ありがとうござった」

心からの声のようだった。

「なにが？」

「殿が、殿があれほどまでに大きな声でお笑いになり、そのあとも、晴ればれとしたお顔になっておられたのは、ここ一年、なかったことにござる。いや、大げさではござらぬ。それがわしは、ただ嬉しゅうて」

下屋敷という私的な空間で意次に仕えてきた用人の、しばらくぶりの感想である。

「それは吾《われ》らとておなじ。ご貴殿には向後とも、お頼みしもうすぞ」

龍之助の言葉も、とおり一遍の儀礼ではない。

「よろしゅう」

左源太もお甲も、提灯の灯りのなかに小さく言い、ふかぶかと頭を下げた。

帰りも、胡乱《うろん》な影には出会わなかった。

その夜、左源太とお甲は八丁堀の龍之助の組屋敷に泊まった。左源太やお甲が初めて八丁堀に泊まったとき、というよりも龍之助が連れて帰ってきたとき、遊び人と鉄火場の女だったことに、茂市とウメは腰を抜かしたものである。だがいまでは、

「――旦那さまが御用の手札を渡されたの、よく分かりますよ、あのお二人なら」

茂市もウメも口をそろえていた。

夜更けの組屋敷の居間で、

「左源太、あしたの朝でよい。松平屋敷に走り、加勢どのに甲州屋へおいでいただきたいとつなぎを入れおけ」

意次からも〝合力してやれ〟とお墨付きを得たのだ。

その夜、きょう意次に会ったことで、なにやら満たされた気分になっていた。それだけ、眠りも深かった。

四

翌朝、

「さあさあ。起きて、起きて」

左源太は茂市に、お甲はウメに叩き起こされた。同心の家族と下働きに中間を置いても十分に暮らせる組屋敷に、龍之助と茂市・ウメの老夫婦しか住んでいないのだから、左源太やお甲が泊まっても部屋数は十分に足りる。

「んもう。八丁堀はホント朝が早いんだから」

「若い娘がなんですか。もう天道さまは出ておいでですよ」

部屋でお甲がウメに蒲団を引き剝がされている。ちょうど日の出の時刻だった。この組屋敷では、茂市とウメが龍之助の入る前から下働き夫婦として住みついており、いわば龍之助の八丁堀暮らしの指南役でもある。だから左源太もお甲も、

「んもう」

「なんでえ、まだ暗いじゃねえかよ」

言いながらも、従わざるを得ない。それだからまた、味噌汁と香《こう》の物がついた朝餉《あさげ》に舌鼓《したつづみ》を打ち、通りにならぶ冠木門から他の同心やお供の下男たちが出てくる前に八丁堀を離れることができた。別に他人《ひと》に見られて具合の悪いことはないのだが、なにぶん二人とも他には言えない龍之助の闇走りの片腕となり、左源太の左腕には島帰りを示す二筋の黒い入墨《いれずみ》があり、お甲はいまなお現役の女壺振りなのだ。どこでどう奉行所の役人と顔を合わせるか分からない。顔は覚えられないほうがいいのだ。

宇田川町の甲州屋は、神明町に帰る途中にある。お甲も左源太と一緒に朝の街道を急ぎ、甲州屋に寄った。あるじの右左次郎は、龍之助の秘蔵の岡っ引が二人そろってしかも早朝に来たことに、

「鬼頭さま、いよいよ本腰を入れられたのですね」

と、その前で手代を呼び、幸橋御門内の松平屋敷に走らせた。

龍之助のほうからつなぎを入れたとなれば、松平屋敷の反応は速かった。定信《さだのぶ》の登城の準備もまだできていない時刻である。

「ご家老。あの町方からつなぎがございましたぞ」

「そうか。青木与平太の所在が判明したのかもしれぬな」

足軽大番頭の加勢充次郎が藩邸の中奥に注進すれば、次席家老の犬垣伝左衛門は即座に応じ、

「分かっておるな。やつは町方に殺させるのだ、無宿浪人者としてな。こちらの家名は微塵《みじん》も出してはならぬぞ」

「御意《ぎょい》」

おもてでは中間や足軽たちが、そろそろ四ツ（およそ午前十時）上がりの準備にかかろうとしている時分だった。甲州屋で会う時刻は九ツ午《うま》の刻《こく》（正午）と加勢のほう

から定めた。

甲州屋の手代は松平屋敷から直接八丁堀に走り、神明町の塒《ねぐら》に戻っていた左源太には丁稚が走った。

「うひょ、午の刻とはありがてえ」

左源太はよろこんだ。

だが、そういいものではなかった。その時刻、勇んで出かけた。加瀬のお供は岩太だ。期待したとおり、甲州屋は町内の割烹《かっぽう》からお供の分も含め午餐《ごさん》の膳を取り寄せ、奥の部屋はちょっとした料亭の気分だったが、店の者は遠ざけられている。左源太と岩太が給仕役だ。ご相伴に与《あずか》ることはできない。二人が給仕をするなかに、

「して、いずれでござろう、青木与平太はいずれに。もし狼藉あらば……」

「待たれよ。まだ見つからぬゆえ、加勢どのにご足労を願ったのでござる。ちと相談がありましてな」

「相談？　わが屋敷は、すべてを貴殿にお任せし……」

「だからでござる。相談というは……ウォッホン」

間を置き、龍之助は咳払いをした。この場に左源太と岩太がいてもなんら差し支えはない。むしろ、この二人なら向後のためにもいたほうがいい。だが、話は極秘を装《よそお》

ったほうが加勢充次郎もその気になり、屋敷に戻り次席家老に話すにもそれだけ熱が入ろうか。

咳払いの意味を加勢は悟ったか、

「岩太、給仕はもうよいぞ」

「左源太も、別間に膳が用意してあろう」

龍之助はそれに合わせるかたちをとった。

「へへ。それじゃ岩よ、俺たちも」

左源太は嬉しそうに岩太をうながした。心置きなく割烹の膳にありつけるのだ。

加勢は吸い物の椀を口に運び、一口すすってから、

「して、鬼頭どの」

「相談の儀とは」

「それでござる」

龍之助も手にしていた椀を下に置き、

「出仕を止められ、水野家はご家中一同、萎縮しておいでなのでござろうか。どなたも町家に出られず、あの常娥の周辺を張っていても、置田右京之介なる者は来ず、したがってご当家の青木与平太どのも姿を見せず、手の打ちようがござらん」

「なるほど、水野家の置田なる者は、青木をおびき出す餌にはならぬ……と」

「さよう。したがって、ご当家の殿さまに言上いたし、水野忠友《ただとも》公の暫時登城停止を解いていただくわけにはまいらぬか」

「ふむ」

加勢充次郎は龍之助の申し出に驚いたようすもなく、逆に解したように頷いた。尋常ではない。一国の大名の登城云々《うんぬん》を、女に狂った家士をおびき出す目的で左右しようというのである。加勢は頷き、つづけた。

「きわどいのう。沿道で騒ぎになるのはまずい。すみやかに討ち果たせるなら、それでもよいのでござるが」

「相手は一人でござろう。抗《あらが》えば即座に討ち果たすこともありましょうが、騒ぎにならぬよう身柄を押さえるのも、そう難しいことではござらぬ」

「……ふーむ」

龍之助の言葉に、加勢充次郎は考え込むような頷きを返し、

「すでにあの者は当家の家士ではあらぬが、当方からも足軽を出しもうそうか。暫時そなたの傍《そば》に置き、そなたの差配に任せてもよいぞ」

加勢はすでに松平定信が水野忠友の登城停止を解くことを前提に話している。

（なんとも柳営の極端な私物化よ、松平定信という御仁は）

加勢の言葉を聞きながら、龍之助には思えてきた。さらに、松平家の足軽を幾人か龍之助の傍に配置し、

（あくまでも無宿浪人者として、青木与平太を殺すつもりのようだ）

藩金の件で青木与平太は切腹を免れぬものの、〝無宿浪人者〟として無縁寺に死体を放り込まれるとなれば、

（いささか憐れにも）

思えてくる。

「いかがか、鬼頭どの」

「ふむ」

念を押す加勢充次郎に、龍之助は肯是《こうぜ》の返答を見せ、内心苦笑した。二人ともこの場で策を練りあったわけでもないのに、水野家がふたたび街道に登城の行列を組み、先触に立つ置田右京之介を囮《おとり》に青木与平太をおびき出すことを前提に話を進めている。そこまで松平家の足軽大番頭と息が合っていることを蠣殻町の田沼屋敷で話せば、意次はまた腹をかかえて笑いだすかもしれない。

（ま、それもいいか）

神明町への帰り、八丁堀姿の龍之助の半歩うしろを左源太は歩き、

「ほんとに松平の殿さん、〝栄耀華々しきを慎み〟なんて言ったのですかい。岩太が言っておりやしたが、幸橋御門の屋敷にはあちこちのお大名からいろいろけっこうなお品が届けられているそうでござんすよ」

「うふふ。そのうわまえを、俺たちは刎《は》ねてるんだから、おもしれえじゃねえか」

「へへ。そのとおりで」

言っているうちに、もう神明町だった。

伊三次が茶店の紅亭に陣取っていた。

「さきほど、向かいの唐八《とうはち》の父つぁんが挨拶に来やしてね」

いつもの奥の部屋で言った。

「まだ水野屋敷の置田右京之介は、常娥に姿を見せていないそうで。松平の青木与平太も現われやせん。おそらく行列に斬り込むつもりで、いずれかに凝《じ》っと潜んでいるんでござんしょう。てえした根性でござんすよ」

あきれたような口調になっていた。

「それに相違あるまい。ということはだ、行列が出たかどうか確認できる範囲に潜んでいるということになるぞ。つまり街道筋だ。増上寺の門前町じゃねえ」

龍之助は確信をもって言い、

「左源太、お甲と手分けし、浜松町の街道筋へ聞き込みを入れろ。一番目立つところを見逃していたとは、ふむ、迂闊《うかつ》だったわい」

実際、迂闊だった。人が潜むところということで、雑多な裏通りの木賃宿や女郎屋のようなところばかりを、大松一家の若い者たちは找《さが》していたのだ。浜松町の界隈には、街道に堂々と暖簾を出している旅籠《はたご》がけっこうある。増上寺や神明宮への参詣人が泊まるところで、いずれも常娥とは違い、まともな旅籠だ。

まだ夕刻にもならないうちだった。お甲がさりげなく外から戻ってくるなり、

「旦那！　旦那！」

茶店紅亭の奥に走った。部屋には龍之助が一人だった。お甲の口調は、

「龍之助さまア」

さっきとは変わり、

「いました。いましたよう。顔は確かめておりませんが、間違いありません」

浜松町四丁目の、街道に面した浜蔦屋《はまつたや》という旅籠だった。浜松町は増上寺門前の大通りが東海道と交差するあたりが一丁目で、そこから南へ二丁目、三丁目とつづき、四丁目で新堀川《にいぼりがわ》の金杉橋となり、距離にすれば五丁（およそ五百米）もつづいていよ

うか。浜蔦屋はその浜松町界隈ではかなり大店《おおだな》の旅籠で、しかも青木与平太は二階の街道に面した部屋を取っているという。旅籠としての難点といえば、日の出から日の入りまで、金杉橋を渡る大八車や下駄の音が聞こえることであろうか。だが、他郷から出てきた者には、それがかえってお江戸の趣《おもむき》として好む筋も多く、けっこう客の出入りは多い。こうも目立つところにいたとは、まったくの見落としだった。お甲は神明宮石段下の割烹紅亭の仲居姿のまま、

「――きょう紅亭《うち》に上がられた、浜松町の旅籠に二、三日前から部屋を取っているという上方《かみがた》なまりのお武家のお客を找しているのですが。いえね、なにやら大事そうな書付をお忘れになり、お届けしようと思って」

当人の耳に入っても怪しまれぬように、わざわざ〝上方なまりの〟と言ったのだ。青木与平太は陸奥の白河から出てきたばかりで、およそ〝上方なまり〟とはかけ離れている。そのなかから〝数日前から逗留している武士〟の噂を拾おうとしたのだ。拾えた。それが浜蔦屋だったのだ。浜蔦屋の女中にその者の年格好を訊くと、まさしく青木与平太で、

「――紅亭さんのお客とは違うようですよ。北国のなまりですから」

浜蔦屋の女中はお甲に問われ、言ったというのだ。しかも、数日前から毎日宿代は

前金で払い、

「――ちょいと気味の悪いお武家で、部屋から一歩も外に出られず、お江戸見物のお方でもなさそうだし。そのくせ二階の部屋から一日中、飽きもせずに外をながめておいでなのですよ」

女中は言ったという。念を押すまでもなく、

(間違いない)

龍之助は確信を持った。

水野の行列が通るまで、青木与平太は浜蔦屋を出ることはあるまい。龍之助は浜蔦屋に物見《ものみ》を入れることはせず、組屋敷に戻った。

(おもしろくなってきた)

だが、龍之助の胸中は、愉快よりも緊張のほうが大きい。

五

その日が来るのは早かった。

夕刻近く、龍之助が茶店紅亭でそろそろ帰り支度にかかったころだった。甲州屋の

手代が走ってきて、松平屋敷からの用件を口頭で告げた。

「明日より登城」

甲州屋の手代が、その意味を知っているのかどうかは分からない。

「岩太さんが来て、ただこれだけを伝えてくれとのことで、まだ鬼頭さまがここにいらっしゃって助かりました。お帰りになっていたら、これからまた八丁堀まで走らねばならないところでした」

手代は言い、すぐに宇田川町へきびすを返した。気がつかなかったが、すでに街道を松平屋敷の使番《つかいばん》が水野屋敷へ往復したようだ。その迅速さに感心すると同時に、

（解禁の事情を知らず、水野家は定信に赦されたと湧き立っていようか）

龍之助には、忠友とその家中の者たちが憐れにも思えてきた。あすはまた勇んで老中特有の小走りの行列を組むことだろう。

その日になった。

青木与平太は浜松町四丁目の浜蔦屋の二階で、

「寄れーっ、寄れーっ」

聞くなり下をのぞき込む。声は置田右京之介だ。刀を引っつかみ……。

警戒を要するのは四ツ上がりに八ツ下がりの二回だ。

「——あしたからまた行列が通る。おコンは外に出すな」

きのうのうちに、常娥にも伝えている。唐八とモエは蒼ざめ、おコンなどは部屋で震え、常娥そのものが昨夜から泊まり客を入れず、陽が昇っても暖簾は出さず雨戸も閉めたままであった。

龍之助は朝から、一文字笠に挟箱を担いだ茂市をともない、街道を宇田川町に向かった。見るからに同心の定町廻りだ。神無月（十月）のカラリと晴れた朝で、往還には大八車や町駕籠、それに往来人の足元から土ぼこりが舞っている。

「あ、旦那。ご苦労さまでございます」

「いつもお世話さまで」

往来人は悠然と歩を進める龍之助に道を開け、水を撒いていた者は手をとめ、通り過ぎるのを待つ。このあと大名行列が通るとなれば、定町廻りの姿がそこにあるのはきわめて自然のことで、往還そのものになんらの緊張感もない。

だが、

（余計なことを）

龍之助は気づいていた。二本差しだが膝までの腰切の着物で足には脚絆《きゃはん》を巻き、木綿の羽織で一見して下級武士と分かる者が、町家の沿道に歩くでもなく手持ちぶさたに一人、二人と出ているのだ。お仕着せの羽織で、見る者が見れば松平家の足軽とすぐ判《わか》る。この分なら、金杉橋のあたりまで点々と出ていようか。

案の定だった。龍之助が茶店の紅亭に近づくと、縁台に袴《はかま》を着けた武士が座っており、その傍《かたわ》らに一文字笠に梵天帯の中間が片膝を地についている。岩太だ。

「鬼頭さまっ」

立ち上がり、走り寄ってきた。縁台に座っていた武士も立ち、龍之助を迎えた。袴を着けているが羽織はお仕着せで、一見足軽組頭《くみがしら》と見分けられる。

「それがし……」

武士は自己紹介する。やはり組頭だった。岩太の案内で、茶店紅亭を街道での詰所にしたようだ。大番頭の加勢充次郎は〝貴殿の差配に〟と言っていたが、組頭はやはり現場で〝松平〟の看板を背負っている気概か、

「加勢さまより仰《おお》せつかっておる。街道の警備、合力つかまつる」

（迷惑だ）

立ち話をしている場も縁台の前で、常娥では雨戸のすき間から見て、緊張を高めていることだろう。それに警戒する相手は青木与平太で、組頭はむろん配下の足軽たちも顔を知っていよう。かえって青木に警戒心を持たせるだけだ。だが〝帰れ〟とは言

えない。

「かたじけのうござる」

龍之助は軽く会釈し、

「さ、中へ」

紅亭の奥の部屋にいざなった。左源太もお甲も伊三次も、松平家の足軽組頭が来たのを見て気を利かせたか、紅亭にはいなかった。きのう話したとおり、直接浜蔦屋のほうへ向かったようだ。

聞けば、出張っている足軽は十五人で、宇田川町から金杉橋までのあいだに配置しているという。中途半端だ。とっさの事態に備えれば、標的は行列に突出した先触であり、置田右京之介の同輩は一人で、二、三間（四、五米）も離れておれば防ぎようがない。そのための左源太の分銅縄とお甲の手裏剣なのだ。

「さようでござるか」

龍之助は頷き、

「さあてと」

思案した。声は落ち着いているが、心中は穏やかでない。困惑している。青木与平太が飛び出すとすれば、浜松町四丁目の浜蔦屋だ。

（この組頭を現場に連れて行き、足軽たちもそこに集中させるか）

だがそれでは、

（おもしろくない）

誤算があった。水野家のよろこびは大きかった。行列はこれまでより小半時（およそ三十分）も早く、金杉橋向こうの屋敷を出ていたのだ。

「ん？」

最初に気づいたのは浜蔦屋二階の青木与平太だった。金杉橋からの、大八車や往来人の下駄の音が絶えたのだ。障子窓を開けた。見える。橋に……誰もいない。

（出てきたか！）

聞こえた。

「寄れーっ、寄れーっ」

二階から見る浜蔦屋の下の往還が不意に慌しくなった。往来人が軒端へ身を避けはじめたのだ。障子窓からのぞいていた青木与平太の顔が消えた。

それを見ていた。左源太とお甲、それに伊三次たちだ。

「野郎、動きやがったぜ」

「兄《あに》さん、用意を！」

浜蔦屋の向かいの陰で、お甲は袂《たもと》の革袋から手裏剣を取り出し、職人姿の左源太は腹掛の口袋に手を入れ分銅縄の一本をつかんだ。

「だがよ、鬼頭さまがまだだぜ」

伊三次が言いながらも周囲にたむろしている若い衆に、

――いよいよだぞ
合図を送り、左源太とお甲は浜蔦屋の軒端に移動した。玄関口を、右と左からはさむかたちに立った。

先触の二人は橋を渡り切り、すでに浜松町四丁目の土を踏んでいる。確かに一人は置田右京之介だ。背後に水桶の中間が数人見える。龍之助の策では、浜蔦屋の玄関を飛び出した青木与平太を、背後から左源太が分銅縄を打って顚倒させ、なおも刀を抜くようであったなら、

「――かまわぬ。青木の腕に手裏剣を打て。あとは俺が飛び出し、水野の家臣にも松平の足軽にも討たせはしない」

言っていたのだ。

（せめて切腹を）

武士の情けだった。罪を他人《ひと》から裁かれず、自裁《じさい》を許されるのは武士の特権である。それを形にしたのが〝切腹〟なのだ。生真面目ゆえに妓に狂い、藩金にまで手をつけてしまったが、せめて最期は武士として……。話したとき、左源太もお甲も、

「――そうなんですかねえ。死ぬことには変わりありやせんが」

と、首をかしげていたが、いまは龍之助の策を実行しようとしている。

先触は近づく。二階では、慌てて羽織・袴を着け、巾着《きんちゃく》をふところにねじ込み両刀を腰に差し込んだ青木与平太が、

――ドドドドッ

階《きざはし》を駈け下り、

「キャーッ」

ぶつかりそうになった女中が声を上げた。声は玄関の外にまで聞こえた。

「来るぞ」

「あい」

龍之助のいないまま分銅縄を手に左源太が言ったのへ、お甲は袂《たもと》の中で手裏剣を握った手に力を入れた。浜蔦屋の軒端は左源太とお甲だけではない。

「んもう。橋の向こう、あたしの家《うち》なのにぃ」

「俺だって早く渡らなきゃならねえんだい」

町娘が言ったのへ、大工の道具箱を担いだ職人姿がつないだ。来た。先触の武士二人が、声とともに浜蔦屋の玄関前にさしかかった。左源太とお甲の聴覚は、背後の玄関の中に集中している。向かいの軒端には伊三次、その左右には若い衆が数人、緊張の面持ちで立っている。なにが突発するか分からない。慌て騒ぐ往来人と行列の武士団に、無用な諍《いさか》いが起きるのを防ぐ役目を担っている。

（おかしい）

左源太もお甲も感じた。浜蔦屋の中は、さきほどの女中の声のあとは静まり、人の動きすら感じられないのだ。

茶店紅亭の前である。龍之助は松平家の足軽組頭に、

「ほれ、ななめ向かいの雨戸が閉まっている箇所。あれが常娥なる水茶屋でござる」

説明しても、見張っていなされ、などと指図めいたことは言わず、

「それがしは、浜松町のほうまで見まわらねばならぬゆえ」

往還に一歩出てふり返り、

「岩太。ここの老爺《おやじ》に頼めば、奥の部屋を詰所に空けてくれるぞ。さあ、茂市」

「へい」

挟箱を肩に、茂市は龍之助につづいた。縁台に組頭が座ったままなら、岩太はいつまでも地面に片膝をついていなければならない。龍之助の思いやりを悟ったか、

「組頭さま、奥の部屋へ。見張りは私がしておりますから」

背に岩太の声を聞いた。中間の岩太が組頭に進言できるのは、組頭配下ではなく大番頭の差配で案内役に立っているからだ。

神明町の界隈は大名行列の来る影響はまだ及んでおらず、大八車も人も町駕籠も、

「おっと、旦那」

「ご苦労さまでございます」

平常どおりに軽く土ぼこりを地面に舞わせている。

「茂市。前に行列が見えたらおまえはそこで立ちどまり、見物でもしておれ」

顔だけ振り返らせた龍之助に、茂市は軽く頷いた。龍之助の足元からも、雪駄の音とともに低く土ぼこりが舞っている。

「寄れーっ、寄れーっ」

声とともに、置田右京之介ともう一人の先触は浜蔦屋の前を過ぎ、

「おっとっとい」

中間の撒く水が左源太の足元近くにも散った。すぐうしろに、小刻みに歩を運ぶ槍隊と弓勢がつづいている。

左源太とお甲は顔を見合わせ、同時に暖簾の中をのぞき込んだ。いない……。動いている影は、女中と番頭のみだ。

二人は左右から頷きを交わし、暖簾の中に入った。

おもてでは騎馬の武士団が過ぎ、忠友の駕籠になったようだ。

「あっ、きのうお越しの紅亭の仲居さん」

「お二階のお侍は？」

まだ行列はつづいている。低く言った番頭にお甲も声を落とした。

女中が応えた。

「あのお侍なら、さっき慌てて裏手から飛び出し……。なんだったんでしょうねえ」

「えっ」

お甲と左源太は顔を見合わせ、

(常娥！)

即座に解し、頷き合った。

「すまねえ、番頭さん！　御用の筋だ、鬼頭の旦那のっ」

左源太は草鞋のまま板敷きに飛び上がり、

「その裏手、どこでえ。案内してくれいっ。お甲っ、おめえは伊三次兄イにっ」

番頭は左源太の勢いからも、さきほどの侍のようすからも狼狽《ろうばい》気味になり、

「こ、こちらで」

左源太を奥へ案内し、お甲は暖簾から顔を出したが、

「もおぉっ」

行列はまだつづいている。伊三次が怪訝そうな目を浜蔦屋に投げている。

街道に並行する裏通りを左源太は走った。

「すまねえ、急いでんだっ」

人にぶつかりそうになる。珍しいことではない。行列のとき、前へ出ようと裏道を走る者はいる。青木与平太もそのような一人と見られ、往来人からなんら怪しまれることはなかったろう。

「おう、さっきお武家が一人、走っていなかったかい」

「あゝ、いたよ。行列を避けてんだろうが、それがお武家とは珍しいぜ」

往来の者は北方向を指した。間違いない。青木与平太は常娥に向かったのだ！

（このあたりなら）

見当をつけ、街道に出た。背後に、

「寄れーっ、寄れーっ」

聞こえる。

走った。

浜蔦屋の玄関口だ。老中の行列の小刻みな足運びもこのときばかりは、

（遅い！）

お甲には感じられた。

殿《しんがり》の挟箱を担いだ中間の一群が過ぎた。

異常を感じ取っていた伊三次も、お甲と同時に軒端から往還に飛び出た。

「お甲さん！」

「大変。青木与平太、裏手から常娥へ！　いま左源の兄《あに》さんがあとをっ」

「えぇえ！　おう、野郎ども」

伊三次は走り寄ってきた若い衆四、五人を差配した。街道の前方は行列がふさいでいる。一斉に脇道へ走り込んだ。五、六人も同時ではさすがに目立つ。正常に動きだした街道の目が、その一群に向けられた。

「あゝ、ちょっと待ってよ」

お甲があとを追った。絞り袴を着けていたなら並みの男には負けないが、着物では裾がからんで遅れをとってしまう。しかも下駄だ。だが急いだ。青木与平太の不測の動きによって、舞台は常娥へ移ろうとしている。

六

左源太は走り、先触の声を引き離した。

浜松町一丁目のあたりだった。

「おっ」

町駕籠の走る陰に、龍之助は気づいた。左源太も気づき、

「兄イーッ」

往来の幾人かが何事といったようすで視線を向ける。

「大変《てぃへん》だっ、兄イ」

さすがに左源太は声を落とし、たたらを踏んでとまると、

「うしろに行列が。野郎、浜蔦屋から飛び出ず裏手へ抜けやがって常娥へ！」

「なんだと！　茂市、あとからゆっくり来い」

言うなりきびすを返し、来た道を返した。予想外のことだった。

（青木与平太。なにを企んでやがる！）

走りながら、

「野郎、もう裏道から、常娥へ着いて、いるころですぜっ」

左源太は言う。

「あっ、鬼頭さまに左源太さん！」

縁台の岩太が立ち上がり、往還に走り出た。往来人も、紅亭の茶汲み女も、

「ええ！　なに？」

注目する。

「まずい。裏へ！」

「へい！」

龍之助は左源太をうながし枝道から常娥の裏手へ走り、岩太もついてきた。

裏庭の勝手口は開いたままだった。

「もう来てやがったか」

左源太が飛び込もうとしたのを龍之助は、

「待て、そっとだ」

　引きとめ、

「行くぞ」

　音を抑え、あらためて入った。

　広くない庭の向こう、母屋の台所口の引き戸も開いたままだ。近づいた。中に張りつめた空気が感じられ……聞こえてくる。奥のほう、おもて玄関に近い部屋か廊下のあたり……。

　龍之助、左源太、岩太の三人は互いに無言の頷きを交わし、台所口の敷居をまたいだ。板の間に土足の跡がついている。廊下や部屋の中では抜き打ちがかけにくい。龍之助は大刀をそっと抜き、上がった。左源太と岩太もつづいた。

「おっ」

　龍之助は低い声を洩らした。玄関の板敷きにつづく廊下だ。青木与平太がおコンの腕を背後からつかみ、喉元に刀をあてている。乱暴にねじ上げてはいない。おコンの着物に乱れはなく、抵抗はしていないようだ。すぐ横に、唐八とモエの夫婦が息を呑み立ちすくんでいる。玄関に近い部屋の襖《ふすま》が開いたままで、そこにも人の気配……一カ所に集められ、閉じ込められているようだ。他の妓たちと下働きの婆さんら三、四

人のようだ。廊下では、

「ううう」

「あ、青木さまっ、お離しをっ」

おコンの呻きに唐八が声を重ねた。

「許せ！　置田なる者を討ってからだっ。おコン、いいな」

青木与平太の声は擦《かす》れている。

「あぁあ、旦那！」

モエが、廊下へ龍之助たちの立ったのに気づいた。

「なに！」

青木与平太も顔を裏手からの侵入者に向け、

「うっ！」

一目で町方と分かる。龍之助にとっても意外な光景だ。

「これは！」

「うううっ」

抜き身の大刀を構える町方に青木与平太は呻き、

「こ、これは武士の揉め事っ。町方には関係……」

「あるぜ。町家で面倒など迷惑だぜ」

「旦那！　このお侍、恋敵を討っておコンを」

「連れて逃げると」

唐八にモエがつなぎ、

「そ、そうなんです！」

喉元に刃《やいば》をあてられたおコンも声を絞り出した。

「うむ」

龍之助は状況を察したが、おコンが人質に取られている。踏み込むすきはあっても……危険だ。狭い廊下に至近距離では左源太の分銅縄も用をなさず、手裏剣のお甲はいない。

おもてでは、

「なにかあったのか」

茶汲み女に異状を知らされ、部屋で団子にありついていた組頭が出てきた。縁台にいるはずの岩太がいない。

「ん？」

街道の遠くが騒がしくなったのへ気づいた。

「行列……じゃないな。おぉぉ」

土ぼこりを上げる一群が近づいてくる。往来人も荷馬も、慌てて脇に道を開けている。伊三次らの一群だ。着物を尻端折に全員が脇差を腰に差している。

「な、なんなんだ。おまえたちは！」

常娥の雨戸の前だ。走り寄った伊三次は松平家の組頭を無視し、迷った。中のようすが分からないのだ。

「蹴破りますかい！」

「待て」

若い衆の一人を伊三次はとめた。中に騒ぎのないことは、伊三次には判断できる。これまで幾度も修羅場をくぐっているのだ。

（人質を取られ、対峙《たいじ》……）

それらの気配は、雨戸の中にも伝わる。おもてにはすでに野次馬が集まりかけ、

「あら、あらあら」

と、紅亭の茶汲み女たちも、縁台や入れ込みに入っている客をそのままに、盆を小脇に往還へ出て常娥のほうを見ている。

おもてのその気配がまた、

「う、ううう」

昂《たか》ぶっている青木与平太を焦らせる。

龍之助も焦りを感じた。人質を殺させてはならない。

「町方っ、刀を捨てろ。さもなくば……」

青木与平太の切羽詰った声が廊下を這《は》ったときだった。

「この中なの⁉　行列の、先触が、すぐそこにっ。ほら、聞こえてきた」

下駄の音に息せき切った声が重なった。お甲が追いついたのだ。

「なにっ、来たか！」

反応したのは中の青木与平太だった。

「おコン、待ってろ！」

叫ぶなり青木与平太はおコンを突き放し、玄関の三和土《たたき》に飛び降りた。龍之助もほとんど同時に身を飛翔させたが、とめられる位置ではない。

――バリバリ、ガシャッ
中から青木与平太は雨戸に体当たりした。

「うわっ」

「おぉっ」

突然のことに松平屋敷の組頭、伊三次に若い衆、お甲らはその場を飛びのき、

「おおぉぉ」

野次馬たちの上げた声が、さらに新たな野次馬を呼んだ。

青木与平太の身が、雨戸への体当たりで一瞬とまったのが龍之助にはさいわいだった。幅が縮まった。青木は振りかざしていなかったとはいえ、抜き身の刀を手にしている。大名の行列がすぐそことなれば、申し開きはできない。大名家への狼藉となる。波紋は大きい。

(やむを得ん!)

とっさの判断だった。

(名もなく打首よりは!)

その思いからだ。

「左源太ーっ」

叫びながら地に足をつけた龍之助の刀の切っ先が、雨戸とともに外へ転がり出ようとする青木与平太の心ノ臓を刺し貫いた。同時に青木は敷居の内側に刀を落とした。

その音は、戸板の激しい響きにかき消されていた。

――ビシッ

縄の張る鈍い音が、龍之助の耳をかすめた。樹間で逃げる鹿をも射止める技《わざ》だ。分銅縄の片方の石を握ったまま、もう片方を青木の腕に巻きつけた。往還に倒れ込む寸前だった。引いた。青木の膝は敷居にぐにゃりと崩れ落ち、その身が分銅縄で中へ引かれた瞬間だった。

「おまえ、青木！」

組頭の声がその場にかぶさった。龍之助は斬り下ろしたのではない。血潮も散っていない。野次馬の多くは、そこに刃物が走ったことも気づかなかったであろう。

左源太が青木の身を中へ引き込もうとする。龍之助は敷居の上で腰をかがめ一緒に引きながら、

「伊三次、塞《ふさ》げ」

「がってん」

伊三次は返事とともに、

「野郎ども」

「へいっ」

七、八人になっていた大松一家の若い衆が、倒れた雨戸を起こし、その場を往来から遮断するように立てた。

「往来の衆、なんでもありやせん。さあ、散った、散った」

「なあーだ、水茶屋のお客の喧嘩？　つまーんない」

伊三次の声に状況を察したお甲が合わせた。

「寄れーっ、寄れ」

先触の声が聞こえ、途中でとまった。前方の人だかりに気づいたのだ。先触二人は身構えた。

「なんでもない、なんでもないぞ。さあ、行列だ」

まだ往還に立っている往来人や大八車や馬子らを、手で追い払うように散らせたのは組頭だった。往来人は左右の軒端に寄り、大八車や馬子たちは神明町の枝道に難を避け、一帯はすぐに空洞となった。

「寄れーっ、寄れーっ」

ふたたび聞こえはじめた。近づく。やはり置田右京之介は、常娥寄りの位置を取っている。紅亭の前にさしかかった。

「ううっ」

常娥の雨戸に身を寄せ、呻いたのは組頭だ。迷っている。異変に気づいた足軽が二人ほど、近くまで来ていたが、指示の出しようもなく、なにをどうしてよいかも分か

らない。横に立っていた伊三次が、

「雨戸、立てかけているだけですから、すぐ入れやすぜ。いかがなされやす」

「ん？　うむ」

不意に遊び人風の男から声をかけられ、組頭は戸惑ったようすを見せたが、さっきからのようすに町方の手の者と解したか、

「見とどけてから」

「なにをですかい」

ポツリと言ったのへ、伊三次は内心笑いながら返した。見たいのは置田右京之介の面であることは分かっている。

「寄れーっ、寄れーっ」

行列は目の前に来た。人だかりができていたのは、常娥の前だ。そこだけ軒端に身を寄せる者の数が多い。

「寄れーっ、寄れーっ」

大きな声を出しながら、置田の表情は、

（……？）

わけが分からんといった色合いで、常娥の軒端を凝《じ》っと見つめている。人を找して

いる。もちろん、おコンである。找すあまり、そこにならぶ目の幾つかが、逆に自分を凝視していることに気づかなかったようだ。

通り過ぎた。

（どうしたこと）

さすがに異状を感じたか、

「寄れーっ」

ふり返った。やはり、

（いない）

中間が水を撒き、列は騎馬の武士団になった。

「ううっ」

組頭は待ちかねたように呻き、

「入るぞ」

さきほどの遊び人風に低く声をかけ、立てかけられた雨戸を押しのけ、入った。伊三次が外から雨戸をすぐ元に戻し、中の動きを外からふたたび封印した。小刻みな足運びの行列はまだつづいている。その動きは、屋内にも感じられる。

「うむ」

三和土に横たわっている青木与平太の死体に、組頭は得心したように頷き、土間に立っている龍之助に一礼した。組頭も伊三次とともに、刀の切っ先が青木与平太の背に刺し込まれたのを目にした、数少ないなかの一人だ。

「かたじけのうござった」

「この者、死を数日さきに延ばし、屈辱を重ねるよりも……」

龍之助の声は擦れていた。この状況で生け捕ったなら、その身は無宿浪人者として処断されることになるだろう。

「いかにも」

組頭は平然と返した。岩太は片足を三和土に、もう一方を上がり框《かまち》に置いたまま不自然なかたちで組頭を迎え、身を硬直させている。

「あわわわ」

廊下の壁に唐八もモエも肩を押しつけ、あとずさりしようにも足がすくんで動かない。動いたのは、いまも口を覆っている手のみだった。おコンは立ちすくむこともできず、龍之助の刀が青木与平太の背を貫いた瞬間にその場へ崩れ落ち、すべてが自分の身から出た事件であれば、座り込んだ廊下を知らず濡らしていた。その奥の部屋から、恐怖に引きつった数名の蒼ざめた顔が、いずれも四つん這《よ ば》いになってのぞいている。

「いかがなさる。この者のふところを検《あらた》め、持ち出した藩金を回収なさるか。さすればこの仏《ほとけ》、白河藩松平家家臣としてお引取り願うことになりもうすが」

「い、いや。それには及ばぬ」

屋内は生臭い話になった。

「この者、わが屋敷とはなんら関係はなく、無宿浪人者と見なしもうす。あとは町方にてよしなに」

「やはり、さようになされるか」

「さよう」

組頭は返すと、

（さように心得よ）

言わんばかりに、廊下で萎縮している面々をジロリと睨《ね》めまわした。

外の気配が、通常のながれに戻ったようだ。立てかけられた雨戸が動いた。

「ふー、鬼頭さま。おかげさまで、おもては事なく遣《や》り過ごせやした」

「ほんと、一時はどうなるかと」

伊三次につづいてお甲も玄関の三和土に入ってきた。若い衆がまだおもてを固めている。雨戸の破れを尋常と見ず、中をのぞき込もうとする者がまだいるのだ。

三和土に横たわる死体になんら驚くようすもない二人に、

「ふむ。貴殿の手の者たちでござるか。さすがでござるのう。安心しもうした。あとはよしなに。これ、岩太。いつまでそこで固まっておるか。帰るぞ」

「は、はい」

岩太は組頭にうながされ、両足とも三和土につけた。

外に出ようとした組頭は敷居のところでふり返り、

「鬼頭どの。この者、あくまで無縁仏に。さあ、岩太」

「はい」

敷居を外にまたぎ、岩太は龍之助らにピョコリと頭を下げ、組頭につづいた。

外には、足軽が二人来て待っていた。事情が分からない。組頭の指図で一人が浜松町のほうへ走った。出張《でば》っている同輩に、一件落着を伝えに行ったのだろう。

常娥の玄関口の中では、

「さあてと」

龍之助は一同を見まわした。これで一件落着にはならないことを、この場に残った者すべてが解している。とくに龍之助には、さきほど組頭が廊下の面々を睨《ね》めまわしたとき、それが一瞥《いちべつ》ではなく、唐八にモエ、さらにおコンの面体を確かめるように見ていたのが気になった。おコンは濡らした廊下に、

「………」

座り込んだまま、まだ動けないようだ。

雨戸の外から急ぎの大八車か、車輪の響きが聞こえてきた。

「危ねえ、気をつけろい」

「お互いになあ」

往来人と人足であろう、言い合っているなかに大八車の響きは遠ざかった。すでに街道はいつもの動きのなかにある。水野家の行列は宇田川町を過ぎ、愛宕山下の大名小路に入っていようか。その先の幸橋御門を入れば、松平屋敷の前を通る。次席家老や足軽大番頭が門の中で、

(首尾はいかに)

組頭の報告を待っていることだろう。

三　秘かな謀議

一

　四ツ上りの八ツ下りで水野忠友《ただとも》の行列が、おもて向きは何事もなく金杉橋《かなすぎばし》の上屋敷に戻ってから、さほど時は経ていない。

「ほう。両家とも恥を晒《さら》さずにすんだか」

　田沼意次《たぬまおきつぐ》は縁側で中腰になり、表情をほころばせた。

　忠友は城中で何事もなく、ホッとした思いで八ツ（およそ午後二時）に下城し、その行列は幸橋御門《さいわいばし》を出ると愛宕山下《あたごやました》大名小路の武家地から宇田川町、神明町、浜松町と町家の街道筋を経て金杉橋を渡り、小刻《こきざ》みな足取りで上屋敷に戻った。茶店紅《べに》亭《てい》の縁台で、鬼頭龍之助《きとうたつのすけ》にお甲《こう》らとそれを見とどけてから、左源太《さげんた》は日本橋蠣殻町《かきがらちょう》に向かったのだった。

左源太は龍之助に代わり、いつもの裏庭にいつもの職人姿で片膝立ちの姿勢をつくり、意次にきょう午前の浜蔦屋《はまつたや》から常娥《じょうが》までの状況をつぶさに語った。意次は、周囲から人を排している。

四ツ上りの水野家の行列が常娥の前を過ぎ、松平家の足軽組頭《くみがしら》が配下を連れ引き揚げてから、龍之助は大松の弥五郎《やごろう》の手配で近くの寺にかけ合い、葬儀の準備をすませた。今宵は常娥で通夜《つや》を営み、あすが葬儀でいずれかの火屋《ほや》（火葬場）に運ばれることになる。白河《しらかわ》藩士ではなくなっているが、奥州浪人青木与平太《あおきよへいた》として弔《とむら》うのだ。戒名をつけ寺に永代供養を依頼しても、それらの布施《ふせ》は青木の死体のふところにあった金子《きんす》で十分まかない余りあるものがあった。

龍之助が死体を前に、松平家の足軽組頭へ〝この者のふところを検《あらた》め〟なさるかと念を押したのは、すでに葬儀費用を念頭においてのことだった。ふところの巾着はズシリと重かった。青木与平太は置田右京之介《おきたうきょうのすけ》を殺害のあと、おコンを連れていずれかへ逃げる算段で、そのための藩金持ち出しだったようだ。

常娥の屋内で通夜といっても、列席するのはおコンに唐八《とうはち》とモエ、龍之助に左源太とお甲、それに大松の弥五郎と伊三次《いさんじ》だけである。他の常娥の妓《おんな》や下働きたちは、この日は手伝いだ。

「ふむ、そこまで用意をなあ。して、龍之助はそれにて一件落着と？」

「滅相もありませぬ」

左源太は顔の前で手の平をヒラヒラと振り、

「龍兄《たつあに》イ、い、いえ、鬼頭さまは、その、喧嘩両成敗にと」

「ふむ。そうであろう、そうであらねばならぬ」

意次は満足そうな頷きを見せた。

その帰りである。いつもの下屋敷用人がまた裏手の勝手口まで見送り、職人姿の左源太に、

「殿は龍之助さまがご健在であられる話をお聞きになるときだけじゃ。いまの生活《たつき》のなかで、唯一表情をやわらげられるのは」

「はっ。蠣殻町の殿さまにも、いつまでもご健在であらせられますよう」

左源太は日ごろ使い慣れない言葉を舌頭《ぜっとう》に乗せ、ふかぶかと頭を下げた。

まだ陽は高い。いずれかで、

（誰が田沼家に出入りしているか）

見張っている者がいたとしても、腰切半纏に三尺帯の左源太なら、どこから見ても

出入りの職人にしか見えない。

「それらしいのがいやしたぜ。それも歴《れき》とした羽織・袴の侍で、午前中、街道に出張っていた足軽じゃありやせんでした」

街道の茶店紅亭に戻ってきた左源太は、龍之助に報告した。

「それも正面門だけ見てやがって、うらの勝手口は節穴でさあ」

どうやら松平屋敷では、蠣殻町の見張りは加勢充次郎《かせみつじろう》配下の足軽衆ではなく、馬《うま》廻役《まわりやく》あたりの武士で、しかも張込みなどの経験がない者を出しているようだ。奉行所の探索方ではないのだから、それも仕方ないことであろう。

それに松平屋敷は、青木与平太の件はこれで一件落着と見なしたのか、午後には足軽は一人も街道に出てこなかった。

龍之助が茶店紅亭に〝詰所〟をまだ置いているのは、

「落着まで、まだ数日かかる」

と、見なしているからだ。

水野の帰りの行列が街道を通るとき、先触の一人はやはり置田右京之介だった。しかも置田は、帰りも常娥のほうに位置を取り、

「──寄れーっ、寄れーっ」

声を発しながら、怪訝《けげん》そうな表情で視線は常娥の玄関口に向け、

「──おっ」

一瞬、声をとめ、通り過ぎてから一度ふり返り、ふたたび、

「──寄れーっ」

浜松町のほうへ遠ざかっていった。

茶店紅亭の縁台から、龍之助はそうした置田のようすを慥《しか》と見とどけ、

「──ふむ。喰いつきそうだな」

おなじ縁台に座っていた左源太とお甲に低い声を這《は》わせ、

「──よしっ、左源太。蠣殻町へ一走り、経過の途中報告だ」

命じたのだった。これを左源太は田沼意次に、龍之助がこの一件を〝喧嘩両成敗〟に持ち込む策であることを告げたのだ。

大松の弥五郎と、青木与平太の葬儀の手配を進める一方、龍之助はおコンに、

「──帰りの行列が通るときだ。雨戸のすき間からちょいとのぞき、置田右京之介に思わせぶりな顔を見せてやれ」

命じていたのだ。

おコンは〝寄れーっ〟の声とともに、朝から閉めたままだった雨戸にすき間をつく

り、ちょいと実行した。それへの反応を、置田は確実に見せた。

「──あやつめ、きっと来る」

龍之助は茶店紅亭で待ちかまえていたのである。

そこへ蠣殻町から戻ってきた左源太が、

「田沼の殿さま、このつづきがまだあることに〝そうあらねばならぬ〟と、目を細めておいででございやした」

龍之助にとって、

(俺は間違っていない)

大いに勇気づける言葉だった。

だがその日、夕刻近くになっても置田は来なかった。きょうは登城がかなったものの、向後《こうご》はどうなるかとまだ屋敷内全体が恐々《きょうきょう》としているのであろう。

そろそろ茶店紅亭は暖簾を下げ、縁台もかたづける時分となり、

「さあ、行きやしょうかい」

大松の弥五郎と伊三次が来て、場所は常娥に移った。通夜だ。列席者の顔はそろった。夜更けてから、大松の若い衆が大八車を牽《ひ》き、裏戸を叩くことになっている。目立たぬように暗くなってから、永代供養を頼んだ寺へ運ぶのだ。夜中に死体を運んで

も、同心の龍之助の差配なら誰に怪しまれることもない。いまその死体は、襖一枚で仕切られた隣の部屋に安置されている。

一同が顔をそろえた部屋には、簡単な膳が用意され、おコンとモエが酌《しゃく》と給仕役をしている。

「鬼頭さまも、まったく変わったお方でござんすねえ。おコンに芝居までさせて、ご自分の一文の得にもならねえことで」

言ったのは伊三次だった。おコンに、雨戸の隙間から思わせぶりな顔を出させた件だ。そのときの置田の反応から、

「――きっとおコンに会いに来る」

来れば、贈った前掛が切り裂かれているのを知り、逆上するだろう。そこを龍之助が常娥に飛び込んで取り押さえ、神明町の自身番に引いて水野屋敷に引取りを要請する。藩の目付《めつけ》が来るだろう。そこで置田右京之介が松平家の家臣と一人の妓《おんな》を争い、その松平家の家臣は脱藩者としてすでに死んだことを知らせる。水野家の目付は仰天し、即刻置田を屋敷に引き立て、

「――武士にあるまじき所業」

だけではない。松平家の家臣が命を落としたのは、水野家の行列の安泰のためであ

ったとなれば、ただ驚愕のなかに恐縮し、そして萎縮し、

「――置田の切腹は免れまい」

これが龍之助の策である。

「青木与平太を討ったのがご自分とあれば、やはり片方だけの死では寝覚めが悪いのでござんしょうねえ」

「あ、あぁ。それは……」

大松の弥五郎が言ったのへ、お甲が慌てたように口を入れた。

「よいよい」

龍之助は応じ、

「さすがは一家を束《たば》ねる男よ、弥五郎は。言うことが単刀直入で的《まと》を射ている。喧嘩両成敗は神君家康《いえやす》公以来のご定法、などと言やあ綺麗《きれい》ごとすぎらあ」

伝法な口調をさらにつづけた。あるじの唐八は朝から蒼ざめた表情のまま、凝《じ》っと身を固くしている。モエとおコンは給仕や酌をしているが、やはり顔は蒼ざめたままで動きがぎこちない。

「このままじゃ青木与平太め、自業自得には違《ちげ》えねえが、やはり成仏できめえよ」

「鬼頭さま。老中首座だかなんだか知りやせんが、あっしにはこのホトケをトカゲの

尻尾切りみてえに、無宿者にしてしまった松平も許せやせんぜ。これが武家のやり方ですかねえ。隣の部屋に転がっているトカゲの尻尾、のっぺり野郎でしたがちょいと同情を感じますさあ」

龍之助の口調に誘われたか、伊三次もおなじ口調で、松平というよりも武家への批判を口にした。左源太もお甲も頷いている。もちろん龍之助も松平家の所業は、

（許せない）

しかし龍之助にしては、松平との〝特殊な関わり〟を微塵《みじん》もおもてに出すことはできない。そこは左源太もお甲も心得ている。だから頷くだけで、口を入れるのは控えているのだ。

「そうよなあ」

龍之助は、短く応じただけだった。

「あのう……」

さっきから無言で身をこわばらせていた唐八が、思い切ったように口を開いた。

「手前どもは、どうなりましょうか」

「おめえらなあ……」

待っていたように返したのは伊三次だった。伊三次がなにを言おうとしているのか

弥五郎は察したか、

「うむ」

頷きを入れた。伊三次はつづけた。

「神明町の目と鼻の先に挨拶《あいさつ》もなく、みょうな店を出しやがってよう。こんどの騒ぎがいい潮時《しおどき》と思いねえ」

店をたたんで消え失《う》せろと言っているのだ。それの差配は、龍之助が握っている。常娥は岡場所を営んでいたのだ。妓《おんな》ともども茅場町《かやばちょう》の大番屋に引き、家財没収のうえ江戸所払《ところばら》いにすることもできる。一同の目は龍之助に向けられた。モエもおコンも給仕の手をとめ、龍之助を見つめている。龍之助は言った。

「俺の手をわずらわせるんじゃねえ。失せる目処《めど》がつくまで、目をつむっててやろうじゃねえか」

唐八とモエ、おコンの表情に、ホッと安堵の色が走った。お上の処断があることを覚悟していたようだ。

下働きの婆さんが、

「裏に大松さんの若ぃお人らが……」

廊下から告げた。死体運びの大八車を牽《ひ》いてきたようだ。外はもうすっかり暗くなっている。死体を裏庭へ運び出してすぐだった。

「憐れとは思うが……」

モエやおコンらの持つ手燭《てしょく》の灯りのなかを、一同が一段落のついた思いで部屋へ戻ろうとしていた廊下で、

「しっ」

龍之助が叱声《しっせい》を吐いた。理由《わけ》はその場の者全員が同時に悟り、廊下は緊張に包まれた。おもての雨戸を叩く音が聞こえたのだ。

「野郎、来やがったかい」

伊三次が低い声を洩らした。置田右京之介と解釈したのだ。おコンは震えた。だが違った。

「夜分、ごめんなさいまし」

声は聞きなれた甲州屋の手代だった。唐八が雨戸をそっと開けると、手代は提灯で自分の顔を照らしている。夜に他人《ひと》の家を訪れるときの作法だ。八丁堀まで行くのは遠く、茶店紅亭の雨戸を叩き、そこで寝泊りしている老爺《おやじ》から一同が向かいにそろっていることを聞いたのだという。用件は、

「あす午《うま》の刻《こく》（正午）、松平屋敷の加勢充次郎さまが鬼頭さまに、手前どもの商舗《みせ》に

おいでいただきたい、と」

また午《ひる》の膳をはさんでの談合だ。用件は分かっている。さきほど運び出した死体の始末の首尾を確かめたいのだろう。

「うひょ。また岩太とゴチに与《あず》かれるぜ」

左源太が嬉しそうな声をその場に這わせた。

二

昨夜、龍之助は夜の街道を八丁堀に帰り、けさふたたび茶店紅亭に入った。置田右京之介にそなえるためだ。常娥はきょうも雨戸を閉じ、唐八らは逼塞《ひっそく》している。さきほど龍之助が、

「来るぞ」

連絡を入れた。江戸城へ向かった行列の先触が、きょうも置田右京之介だったのだ。常娥の雨戸は閉まっている。きのうはチラと顔を見せたおコンは、きょうは見せない。それも龍之助の差配だ。茶店紅亭の縁台で、

「どうだ、お甲。対手《あいて》のようすが尋常ではなく、しかもどうなっているか分からない

となれば……」

「そう。なんとしてでも、ようすを……」

さきほど常娥の閉められた雨戸に、怪訝というよりも不安気な視線を投げながら、

「よ、寄れーっ」

お役目の声を乱した置田のようすに龍之助とお甲が交わし、

「へへ。午《ひる》にぶつからなきゃいいんですがねえ」

左源太が言っていた。内濠《うちぼり》の大手御門前で手持ちぶさたに待つ時間は長い。同輩の群れを抜け出し、一走り常娥へ……時間的にも距離的にも十分できることだ。

「そこよ。弥五郎に一応のことは頼んであるが、左源太、おめえもお甲とここへ残って見張りをつづけろ」

「えっ、午のゴチは？」

不満そうに言う左源太に、

「一件落着すりゃあ、午どころか夜もゴチ攻めにしてやらあ」

言っているところへ、伊三次が若い衆を三人ばかり引き連れて茶店紅亭に来た。太陽が中天に近づき、そろそろ午《うま》の刻（正午）の鐘を聞こうかといった時分になっていた。

「では、頼むぞ」

龍之助が膝をポンと叩き、常娥の雨戸に視線を投げ立ち上がったときだった。

「龍之助さま、来ました」

「なに？」

お甲の声に北方向へ目をやり、

「おっ、ほんとだ。来やがったぜ、来やがったぜ」

左源太も立ち上がろうとするのを、

「そのまま」

手で制した。

羽織は着けているが袴の股立《ももだち》を取り、さすがに役向きの一文字笠ははずしてふところに入れている。真剣な形相の武士が大股で土ぼこりを上げているのだから、すれ違う往来人も荷運びの者も、

「おっとっと」

恐れて道を開けている。

伊三次は縁台の前に立ったまま、

「さあ、さっそくだ。いいか、野郎ども」

若い衆に言うと龍之助に、

「鬼頭さま、差配を」

「うむ」

龍之助は頷いた。

茶店の縁台からいくつもの目が自分に注がれていることも気づかず、置田右京之介は大股で常娥の前に立つなり、

「亭主、おコン。いるか」

さすがに周囲をはばかったか雨戸を軽く叩き、声も忍ぶように小さかった。雨戸の内は、すぐに反応を示したようだ。置田は黙し、立ったままになった。

「伊三次、裏手を固めろ」

「へい」

伊三次は若い衆三人を引き連れ、さりげなく向かいの脇道に入った。いずれも脇差を腰に帯びているが、周囲に目立つことはなかった。街道から見えなくなるなり動きを速め、常娥の裏手を固めた。昨夜、青木与平太の死体を運び出した箇所だ。

雨戸の一枚に小さな潜り戸がついている。そこが開き、唐八の顔がのぞいた。

「ちと訊きたいことがある。手間は取らせぬ」

置田は言うなり身をかがめ、唐八を押しのけるように中へ入った。

「行くぞ」

「あい」

「へへ、おもしろくなりやがったい」

龍之助とお甲、左源太はゆっくりと街道を横切り、雨戸の前に立った。潜り戸にすき間が開いている。

「――開けられるようにしておくのだ」

龍之助は唐八に命じている。さらに、

「――中に入れたら、すぐおコンの部屋に通せ。俺たちが玄関に入っても、置田が気づかぬようにな」

龍之助は潜り戸のすき間から中を窺《うかが》った。三和土にも板敷きの廊下にも、人の気配はない。唐八は龍之助の言ったとおりに事を運んでいるようだ。勇気がいる行為だ。玄関の上がり框《かまち》で押し問答をせず、いきなりおコンの部屋に入れるのだから、なにが起こるか分からない。

「――だからだ。俺たちがすぐ廊下に立てるようにな」

龍之助は唐八に言っておいたが、そのとおりに進んでいる。龍之助につづき左源太もお甲も潜り戸を入り、三和土に立つと互いに頷きを交わし、足袋跣《たびはだし》になって廊下を進んだ。聞こえてくる。襖は開いたままだ。

「おコン！　いったいどういうことだ」

「ど、どういうことって。ただ、ちょっと騒ぎがあり」

「騒ぎ？　なんの。それに、俺の贈った前掛は」

「も、もうありませぬ」

「なに？　わけを言え」

物音とともに、

「あれー」

「あゝ、置田さま。乱暴はいけませぬ。これには仔細があり」

唐八の声だ。置田はおコンの肩をつかんだようだ。モエも中にいる。

「だからどんな仔細だ」

「人が、人がひとり、死んでいるのです！」

唐八の声だ。

「なに！　どういうことだ。前掛となんの関係がある。見せろ！」

「だから、ありませぬので」

「なに！」

「あぁ」

おコンは突き飛ばされ、押入れが荒々しく開けられ器物が損壊される音も……。

裏手はすでに伊三次らが固めている。

（いまだ）

龍之助は廊下から部屋に姿を見せ、

「困りますなあ。おっ、おコン。どうした」

おコンは畳に尻餅をついている。

「あっ、お奉行所の旦那！」

「なに！」

おコンの声に置田右京之介は押入れの前から一歩離れ、

「町方がなんのようだ。捨ておかぬぞ」

刀に手をかけた。

「ふむ。いよいよもって怪しい。白昼から押し込みかの。不審に思って入るとやはりこの始末だ。武士とはいえここは町家だ。ちょいと自身番まで来てもらおうか」

「なに！　武士にさような雑言《ぞうごん》、許せん」

置田は腰を落とし、刀を抜く気配を見せた。

「ほう、抜くかい」

龍之助はふところから十手を出し、置田に向けた。挑発だ。

「旦那！」

「鬼頭さま！」

おコンは尻餅をついたまま龍之助の足元ににじり寄り、唐八とモエは龍之助の背後に身を寄せた。それらの仕草が置田の逆上を誘った。

「許せん！」

抜いた。龍之助は待っていた。

――キーン
金属音が響いた。前面に飛翔した龍之助の身が置田の動きをとめ、十手が半分ばかり抜かれた刀を押さえ込んでいたのだ。実戦を旨《むね》とする鹿島新當流《かじましんとうりゅう》免許皆伝の鬼頭龍之助と置田右京之介とでは、力量に差がありすぎた。猛者《もさ》がそろう北町奉行所のなかでも、刀技になれば龍之助に敵《かな》う者は与力にも同心にもいないのだ。

「むむっ」

動きを封じられた置田は呻《うめ》くばかりである。そのままの状態で、

「失礼」

龍之助の手が置田の刀の柄を押さえ込み、鞘《さや》に戻した。鍔《つば》に音が立つ。置田には屈辱の響きであり、しかもおコンの前だ。さらに龍之助はかぶせた。

「貴殿、見覚えがあるぞ。いつも水野家の行列に立つ先触」

「な、なに！」

お家の名を出されては一大事だ。置田は一歩うしろへ飛び下った。さらに龍之助はこの機会を待っていた。龍之助の身もうしろへ跳んだ。その手は置田の大小を腰から抜き取っていた。

「左源太！　縄を打ていっ。捕方《とりかた》！　こやつを自身番へ引き立てよ」

「へいっ」

左源太は部屋へ飛び込むなり分銅縄に反動をつけ、その一方の石が置田の腕に飛んだ。青木与平太を倒れかけた雨戸から引き戻したときとおなじ動きだ。

「ううっ」

右腕の自在を奪われ、置田はよろめいた。しかも同心の叫んだ〝捕方〟は脅威であった。歴とした武士が町方の手に落ちる……水野家の名を汚すことこの上ない。

「おぉう」

伊三次らがドドッと部屋になだれ込んできた。

「な、なんなんだ、おまえたちは!!」

「ねじ伏せろ」

「うぐっ、きさまらあっ」

伊三次らは慣れている。有無など言わせない。置田は左源太の分銅縄で均衡を崩され、しかも大小は抜き取られている。大松の若い衆が飛びかかり、

「左源の兄イ。この縄、借りやすぜ」

「おう」

「うむむっ」

置田をうしろ手に縛り上げ、その場に引き据えた。おコンらが悲鳴を上げる間もないほどの早業だった。

「きさまらあ、武士にかかる無礼！　ただですむと思うなっ」

悪態をつく置田を無視し、

「左源太！」

呼んだ。午《うま》の刻だ。加勢充次郎は待っているだろう。

「松平家の足軽大番頭どのにこのことをお知らせせよ。約束の刻限に行けぬ、と」

「へいっ」

左源太は飛び出した。行く先は甲州屋だ。

「えぇっ！」

同心の口から松平家の名が出たことに置田は驚いた。

「い、いったいなんなんだ！　なにゆえ松平さまに⁉」

叫ぶ表情に疑念と恐怖の色がにじみ出ている。龍之助はそれをも無視し、さらに置田の身に浴びせた。

「俺は水野屋敷へ、藩士一人を町方で預かっている旨を知らせにまいる。伊三次！」

「へいっ」

「町役《ちょうやく》を一人呼べ。ここを暫時、自身番とする。俺から次の沙汰《さた》あるまでこの者の身柄、慥《しか》と見張りおけ」

「へいっ」

手際よい差配だ。龍之助は置田の大小を小脇に部屋を出た。

「あぁあ、それは！」

置田が縛られたままもがくのを、さらに無視した。

すべてが龍之助の、とっさの判断だった。左源太から、龍之助が常娥で水野家の置

田右京之介を捕えたことを聞かされれば、加勢充次郎は驚愕し、

『案内《あない》せよ！』

左源太を急かし、岩太をともない常娥に走るだろう。着いたときには、龍之助はもう水野屋敷に走っている。加勢充次郎は、

『水野の屋敷で、わが藩の青木与平太の名は断じて出さぬよう』

依頼することはすでにできず、追いかけても間に合わないだろう。ジリジリしながら、龍之助の帰りを待つしかない。

龍之助の策はそれだけではなかった。常娥を町の自身番にするには、町役が一人でもそこに立ち会っていなければならない。自身番の町役とは、町の大店《おおだな》のあるじや地主で構成されている。伊三次が呼ぶ町役は、大松の弥五郎の息がかかった者になるだろう。それに、武士に縄を打ち自身番まで町家を引いて行くことは憚《はばか》られる。そうした武士の面目も多少は考慮しているが、さらに配慮したのは別のことだった。

龍之助の知らせで水野家の目付は駈けつけ、町方の吟味を拒否し置田右京之介の身柄を引きとり、連れて帰るだろう。その場所が実際に神明町の自身番であったなら、町衆が大名家の圧力に屈したことになる。町衆は悔しがり、龍之助も弥五郎も面目を失うことになる。奉行所に届け出などはしていないが、神明町で弥五郎は闇の最も有

力な町役なのだ。それは神明町の誰もが知っている。水野家の家士が置田の身柄を引き取るのが常娥の店先であれば、神明町の面目が傷つけられることはなにもない。伊三次はそうした龍之助の配慮を感じ取った。龍之助が裏手から常娥を出ると、若い衆をすぐ弥五郎の許《もと》に走らせた。弥五郎は適宜に町役を選んで常娥に向かわせることだろう。

「もう」

お甲が一人ふてくされていた。龍之助からなにも役を振り向けられなかったのだ。役目といえば、

「さあ、なにも心配ないのよ。あの旦那がすべてうまくやってくれるから」

まだ震えているおコンを慰めることくらいだった。それがこのあと、きわめて大事な意味を持つことを、当のお甲も龍之助もまだ気づいていない。

三

龍之助は自分の大小を腰に、置田の大小を小脇に街道に出た。目立つ。

(かえってよいわ)

念頭にはある。

『水野さまと松平さまの家臣が妓《おんな》を争い……』

ある程度は噂の立ったほうがよい。

金杉橋を渡り、新堀川の土手道に入った。三万石の大名家の上屋敷だ。重厚な長屋門には八双金物《はっそうかなもの》が打たれ、陽光に照り返している。耳門《くぐりもん》を叩いた。門番がすぐに顔をのぞかせた。用件を告げると驚いた表情になり、

「お、お待ちを」

母屋の玄関口に走った。柳営に行列を組んだあとの屋敷だから閑散としており、広い正面玄関前の庭は手入れが行きとどき、さきほど騒音のなかに渡った金杉橋とは別次元の趣《おもむき》がある。龍之助は苦々しい思いでそれらをながめた。水野忠友なる大名、田沼意次に引き上げられて老中になり、延命のために裏切って松平定信《さだのぶ》にすり寄っているのだ。

待つほどもなく、藩士が走り出てきた。果たして目付だった。

「町方がわが屋敷の者を捕えた？　理由《わけ》を聞こう、理由を！」

母屋には案内せず、門番詰所に龍之助を押し込むようにいざない、中にいた門番を外に出し、詰め寄るように龍之助に迫った。狭い土間に板敷きの間があり、そこに立

ったままである。来客を迎える場でもなく、大事な話をする場でもない。

（いまに驚くぞ、この目付）

思いながら龍之助は水野家の目付に視線を据え、

「貴家の行列の先触役、置田右京之介どのの差料《さしりょう》でござる。お検《あらた》めを」

「ん？」

横目付は怪訝そうに受け取り、話を聞くに及んで、

「えぇえ！　な、なんと」

仰天し、置田の大小を持ったまま茫然の態《てい》となり、

「ま、まことでござるか。して、置田はいまいずれに！」

顔も蒼ざめた。松平家の家臣と妓《おんな》を争い、しかもその家臣が命を落とした経緯も聞かされ、かつ置田がきょう閉まっている水茶屋に上がり込んで〝狼藉〟を働き、

「よって取り押さえてござる」

驚愕しないわけにはいかない。加えていまの時刻は、行列の先触なら柳営の大手御門にいなければならないはずの藩士なのだ。

「し、しばらくお待ちを！」

目付は母屋に奔《はし》り帰った。上役に伺いを立てに行ったのだろう。門番たちが離れた

ところから、怪訝そうに詰所のほうを見ている。

さきほどよりいくぶん長く待たされ、龍之助は板敷きに腰を下ろした。

目付がまた奔り戻ってきた。配下の者であろう、家士を三人ほど連れていた。

「お待たせいたした。さきほどの両刀、確かに当家の置田なる者の差料。これより、その常娥とやらに案内《あない》つかまつりたい」

「承知いたした」

土間に立ったまま言う目付に龍之助は応じ、腰を上げた。

急ぎ足である。三人の若い配下がうしろに随《したが》っている。金杉橋を渡った。四人の武士が奉行所の同心と急ぎ足になっている。往来人は道を開け、

「なんだ？」

ふり返る者もいる。

水野家の目付は龍之助に肩を寄せ、

「その置田じゃが、まだ水茶屋なれば調書も取っていまい。町方の手を煩《わずら》わせることなく、当家にて引き取りたいが如何《いかが》か？」

迫るように言う。

「ご随意《ずいい》に」

「あ、ありがたい。ならば、さように」

目付の足はさらに速まった。

（すでに加勢どのはもう常娥で待っておいでのはず。それに……）

思えてくる。すべてが、とっさに立てた策のとおりに進んでいる。それに……太陽の位置が、そろそろ八ツ（およそ午後二時）時分であることを示している。柳営では特別な用事がない限り、下城の時刻だ。目付の足が速まったのは、それを感じたからでもあろうか。

置田もその時刻を感じたか、

「ううううっ。許さんぞ、武士に縄目などっ。ほどけ！　おコン、顔を見せろ！」

別間に据え置かれ喚《わめ》いている。先触役が殿の下城に不在……。町方に押さえられたこと以上に大失態だ。その叫びが、おコンたちが震えながら身を寄せ合っている部屋にも聞こえ、おもてにも聞こえている。大松の若い衆の数は増え、部屋の襖の前はむろん、外の雨戸の前にも立ち、

「なんでもござんせん。さあ、行った、行った」

立ちどまり中をのぞき込もうとする往来人を散らしている。それらを茶店紅亭の縁台に腰を下ろした弥五郎が、目配せだけで差配している。

部屋の中では、

「まだか、鬼頭どのは」

「間もなくと思いまさあ」

加勢充次郎の相手を、伊三次と唐八がつとめ、おコンとモエはさらに別間に控え、職人姿の左源太と中間姿の岩太は玄関の板敷きに座している。他の妓や下働きの婆さんは、朝から手伝いにと寺へ出向いている。青木与平太はすでに火屋《ほや》へ運ばれ、灰になっていようか。骨だけは拾い、寺へ納めることになっている。

「おっ」

外に立っている大松の若い衆が気づき、一枚だけ開けた雨戸の中へ声を入れた。岩太が部屋に知らせ、屋内に緊張が走った。水野家の目付は龍之助から道々、

「松平家の足軽大番頭が来ておいでかと存ずる」

「ええ、松平さまのご家中も現場に!!」

ますます驚き、

(まずい)

思ったはずである。それは水野家の目付だけではない。松平家の加勢もまた、

(まずい)

だから、さっきから〝まだか、まだか〟とイライラし、龍之助が戻ってきたのを知らされると、

「うむ。戻ったか、戻ったか」

と、廊下まで走り出た。

双方が対面したのは、いまなお喚き声が聞こえる廊下であった。立ったまま龍之助は紹介したが両者はすでに対手の身分を解しており、かつ互いに会いたくない対手《あいて》である。二人とも無言で頷いたのみだった。

「縄を解け！　許さんぞ！」

また聞こえた。置田右京之介にすれば、それこそ必死である。

「貴家のご家臣。ちと、うるそうござるなあ」

加勢は皮肉っぽく言う。

「早急《さっきゅう》に処理しますれば」

「そうなされい」

あくまでも松平家が高所に立ち、水野家は低姿勢だ。

「では、御免」

水野家の目付は辞を低くし、松平家の足軽大番頭の横をすり抜けるように喚き声の

聞こえる部屋に向かい、背後の三人もそれに従った。

襖を開けた。

「おおおっ、こ、こ、これは！」

置田の絶句する声が聞こえ、あとは静かになった。このときの置田の姿を見ないのが、せめて武士の情けであろう。

「さ、部屋のほうへ」

龍之助は加勢を別の部屋へいざなった。部屋に二人となった。

「急なことにて甲州屋に行けず、失礼しもうした。水野家の目付どのは早急に処理すると言っておいでだったが、たぶんそうされましょう」

言いながら龍之助は加勢にも座布団を示し、腰を下ろした。まさに〝早急に〟だった。廊下から、

「さっさと歩くのだ！」

目付の声が聞こえてくる。

「ううっ」

置田右京之介は縄目こそ解かれていたが、背を小突かれたようだ。水野家の目付は、置田の身柄さえ受け取れば、すこしでも早くこの場を離れたい。廊下から、

「鬼頭どの、わが藩の家臣一人、慥と受け取りもうした」

「あゝ、ご随意に。町方の控え帳には記載いたしませぬゆえ」

「かたじけのうござる」

襖で遮《さえぎ》られた部屋と廊下で声が交わされ、数名の足音が玄関口のほうへ向かった。

部屋の中で、

「ふむ。なにもかも記載せぬとは、それはよいことじゃ」

得心したように、加勢充次郎が頷き、

「して、鬼頭どの。水野家の目付には、青木与平太の件はいかように……」

最も気になるところである。龍之助が応えようとしたときだ。玄関の板敷きの足音が乱れた。

「ん？　どうした」

龍之助は腰を上げ、襖をすこし開け、

「加勢どの、ご覧なされ」

「なにか」

加勢も襖から顔をのぞかせた。

雨戸の外に立っていた大松の若い衆が、

「来たぜ」

玄関の中に知らせたのだ。水野忠友の行列が、柳営から戻ってきた。水野家家臣たちは硬直した。いま、出るわけにはいかない。

「寄れーっ、寄れーっ」

声とともに、その姿が一枚開けられた雨戸のすき間から見える。先触は二人だ。代役が立っている。

「うううっ」

声にならない。置田右京之介は呻きを洩らし、全身が小刻みに震えだしたのが、背後の廊下からも看《み》て取れる。目付の低い声が、そこにながれた。

「分かっておろうなあ」

「ううっ」

置田はその場へ崩れるように座り込んでしまった。

背後で龍之助と加勢充次郎は、

「切腹は免れぬであろうなあ」

「おそらく、きょう中にも」

低く交わし、襖から顔を引いた。

小刻みな速足の行列は過ぎた。玄関口の水野家家臣たちには、長くも感じ、また短かくも感じたであろうか。

「立ちませい」

目付の声が、部屋にまで聞こえた。すでに罪人に対する言葉だ。

玄関口が静かになった。

廊下から、

「鬼頭さま。あっしらはこれで失礼いたしやす」

伊三次の声だ。紅亭の縁台から、弥五郎がそう指図したのだろう。

「おう、ご苦労だった」

「さすが鬼頭どの、いろいろと手の者をお持ちのようですなあ」

龍之助が返したのへ、加勢充次郎が感心したように言った。岡っ引が職人姿の左源太で、遊び人風体の者たちまで手足のように使っているのだ。

「それはともかく」

加勢は自分の言葉にそのままつないだ。

「水野家の屋敷ではいかように……」

さきほど水野の行列で途絶えた件である。

龍之助は応えた。

「死人《しびと》を無宿浪人者とするはあまりにも不憫《ふびん》ゆえ、水野家家臣の対手は奥州白河浪人と話しておきました」

「うーむ」

加勢は考え込んだ。奥州や白河の名も出してはならぬ、と……そこまで町方同心に注文をつけられた筋ではない。それを知ったのが水野家である場合は、まだ安心である。水野家も松平家と同様、この件がおもてにながれることほど〝まずい〟ことはないのだ。ともに隠蔽したがっていることにおいては、

――同志
なのだ。加勢はつづけた。

「青木与平太が、わが藩の藩士と明確に知る者は、ほかにござろうか」

「ふふふ。加勢どのよ。この水茶屋のあるじ夫婦と妓のおコンは、とっくに両藩の名を知っておったのでござろうよ」

龍之助にすれば、両家の監督不行き届きを詰《なじ》るつもりであった。ところが、

「うーむ、あの三人のう。いや、きょうは失礼つかまつった。甲州屋で午《ひる》の膳でもつつきながら、向後のことをよしなに頼もうと思うておったのが、とんだ結末で一件落

着となりもうした」

言うと、加勢は不意に腰を上げた。龍之助は玄関まで見送ったが、加勢の帰り支度が唐突であったのが、どうも気になった。

まだ陽は高いが、かたむきかけている。ななめ向かいの縁台に、大松の弥五郎と伊三次が座っていた。二人は加勢充次郎が帰るのを待っていたようだ。

四

おコンとモエ、唐八のいる部屋には、お甲がつき添っていた。そこに龍之助と左源太、大松の弥五郎と伊三次が加わった。

「ともかくだ、事態は鬼頭の旦那のおかげで騒動にならずにすんだが、おめえらはどれだけまわりに迷惑をかけたか分かってるだろうなあ」

言ったのは弥五郎だった。いつもの小柄で坊主頭の愛嬌のある顔からは想像できない、凄《すご》みのある口調だった。

「は、はい」

唐八は首をすくめた。モエとおコンもうしろで蒼ざめ、身を縮めている。おコンにすれば、二人の武士を手玉に取っていたつもりが、それが松平と水野の家臣で、ここまで話が大きくなるなど想像もしていなかった。同席しているお甲にも左源太にも、萎縮する三人に助け舟を出すようすはない。

（こいつらの渡世、肌が合わねえぜ）

左源太が思えば、お甲も同様のものを当初から感じている。

「鬼頭の旦那。それでよござんすね」

「ん。あ、あゝ」

弥五郎が、常娥を芝界隈から所払いにするのへ同意を求めたことに、龍之助は曖昧な返事をした。

「旦那、なにか気がかりでも？」

「まあ、ちょいとな」

お甲が心配そうに言ったのへ、空《くう》を泳いでいた龍之助の視線が座に戻った。加勢充次郎が不意に立ち上がり、岩太をともなって常娥をあとにしてからずっと気になっていたのだ。きょうの唐突な加勢の腰の上げようと、きのう青木与平太の死体を玄関の雨戸から奥に引き込んだとき、足軽組頭が廊下で萎縮する常娥の三人を、まるで顔を確認するように睨《ね》めまわしていた姿が、

(まるで一体のように)

龍之助の胸中で重なり、それが脳裡から離れないのだ。

「どうしたんですかい、旦那」

「いや、なんでもない。ちゃんと聞いておる。そりゃあ松平さまはこれから謹厳実直なご政道を敷こうとなされている。そんなとき、常娥のような茶屋が目と鼻の先にあったんじゃ目障りだ」

左源太が顔をのぞき込んだのへ、龍之助は伝法な口調で応え、

「ま、次の塒《ねぐら》の目処《めど》が立つまで、此処《ここ》に住んでもかまわねえ。だが、商いは許せねえぜ。店の暖簾は、それまで大松の弥五郎が預かっておけ」

「へえ。そうさせてもらいやす」

弥五郎は応じた。

外では陽が大きくかたむき、街道の動きがきょう一日の終わりを告げるように慌しくなりかけている。龍之助は胸中に感じた懸念を口にすることはなかった。

(まさか、そのようなことはあるまい)

思っているのだ。

「それじゃきょうはこれで」

龍之助がこの座をお開きにしようとしたときだ。

「へい、御免なさんして。鬼頭の旦那へ」

茶店紅亭の老爺が半開きの雨戸から入ってきた。水野家の目付だった。配下一人と中間一人をともなっている。目付と配下の武士は、他家を訪問するときの作法どおり裃《かみしも》を着けている。通りかかると常娥の雨戸が一枚まだ開いたままだったので、あの同心がいるかもしれないと思って向かいの茶店に訊き、案内されたのだという。玄関の板敷きに立ったまま応対した龍之助に、

「ついでと言っては申しわけないが、貴殿にもお知らせしたき儀がござってのう」

目付も玄関の三和土に立ったまま、

「さきほど置田右京之介は殿より死を賜《たまわ》り、見事腹を切りもうした。このこと、これより松平家の足軽大番頭どのにもお知らせしたく、その途次でござれば、御免」

水野家の目付は言うとすぐきびすを返した。

声は部屋にも聞こえていた。

「これでお相子《あいこ》にってんですかねえ」

「へん、侍《さむれえ》ってのはよう、てめえの命を粗末にしやがるから、人の命まで簡単に扱う生き物だ。困ったもんだぜ」

「兄《あに》さん」

「おっと、龍兄《たつあに》イは別ものだ。そんなの言わなくってても分かってるだろが」

お甲がたしなめたのへ、左源太は返した。部屋には二人目の死を悼《いた》むよりも、武家の作法に対する言い知れない憤《いきどお》りが張りつめた。

「ううううっ」

おコンは自分の罪の重さをまたも思い知ったか、ふたたび震えはじめた。

陽が落ちたようだ。寺に手伝いに行くといって出かけた妓や下働きの婆さんたちは帰ってこなかった。

「このゴタゴタに恐れをなし、ずらかりやがったんじゃねえのか」

「かえって好都合じゃねえか。あとはおめえら三人だけだぜ」

左源太が言ったのへ伊三次がつなぎ、常娥の三人に視線をながした。

「へえ、そのようで」

唐八は消え入りそうな声で応えた。引越しは、少人数のほうが便利だ。

「帰るのも、一人のほうが気楽だぜ」

と、その夜、龍之助は紅亭のぶら提灯を手に八丁堀へ帰った。外濠から流れてきている堀割に架かる橋を渡った。新橋だ。東海道の橋とはいえ、この時刻はいずれも不気味なほど閑散とし、龍之助の雪駄の音ばかりが大きく聞こえる。その堀割の上流に架かるのが幸橋御門である。

（いまごろ松平屋敷じゃ、水野の速い対応に、一応は満足していようかな）

思いながら新橋を渡った。


「ふふふ」

行灯の明かりが入った部屋から、嗤《わら》い声が洩れていた。龍之助が夜の街道に歩を拾いながら想像した、松平屋敷の家老部屋である。次席家老の犬垣伝左衛門に足軽大番頭の加勢充次郎が対座し、かたわらに組頭が座している。常娥で青木与平太の死体を前に、唐八とモエ、おコンの顔を睨《ね》めまわしていた、あの組頭だ。名は倉石俊造《くらいししゅんぞう》といった。いずれも胡坐《あぐら》を組み、くつろいだ姿勢になっている。

「ともかくだ」

犬垣伝左衛門が言った。

「水野をどう処断するかは、殿がお決めになることじゃ。倉石」

「はっ」

倉石俊造は胡坐のまま背筋を伸ばした。

「その、いかがわしい常娥とやらの者どもの顔、慥《しか》と覚えていような」

「むろん」

「殿におかれてはこれより、謹厳実直の政道を実践されようとしておられる。当家が世上一般の範となるとき、みょうな噂がながれることは許されぬ」

「御意《ぎょい》」

加勢充次郎が応えた。犬垣伝左衛門はつづけた。

「真相を知り、かつ最も洩れやすいところ。そこは塞いでおかねばならぬ。差配は加勢、そなたに任す。倉石、おまえはその手足となるのじゃ」

「もとより」

「そのつもりなれば」

加勢充次郎と倉石俊造は同時に返した。龍之助の〝まさか〟と懸念したことが、いま松平屋敷で語られていたのだ。

四　町家の守り人

一

「近ごろは旦那さま、まるで奉行所より神明町に出仕なされているような」

昨夜暗くなってから紅亭《べにてい》の提灯を手に帰ってきた龍之助《たつのすけ》に、下男の茂市《もいち》はあきれたように言ったものだった。

その夜がまだ明けないうちだった。八丁堀の同心組屋敷の冠木門《かぶきもん》を忍ぶように叩く者があった。深夜のことだから、派手に音を立てるわけにはいかない。龍之助も茂市とウメの老夫婦も寝入っている。

反応がない。

(仕方ねえ)

甲州街道の武蔵《むさし》と相模《さがみ》の堺になる小仏峠《こぼとけとうげ》で、分銅縄《ふんどうなわ》を鹿や猪の足に命中させ、猿と木登りを競っていた左源太《さげんた》だ。板塀を乗り越えるなどわけはない。あたりを見まわし、人気《ひとけ》のないのを確認すると提灯の火を消し、

「えいっ」

身に反動をつけ手を板塀の上にかけるとクルリと回転し、庭の内側に飛び降りた。身が軽くても、板塀の内側のようすが分かっていなければできる芸当ではない。

縁側の雨戸に忍び寄り、ふたたび叩いた。

さすがに龍之助は、

「ん？　左源太か」

気づき、寝巻きのまま手探りで縁側に出て、

「どうした」

「へい。常娥《じょうが》が襲われやした」

「なに！」

雨戸を開けた。寝巻きのままだ。

淡い月明かりが、かすかに縁側に入る。

「どういうことだ」

「へい」

左源太は縁側にすべり込み、語りはじめた。

これらの音にはさすがに茂市とウメも起きだし、

「左源太さん、いったいなんなんだね」

目をこすりながら火を熾《おこ》し、お茶の準備にかかった。これから竈《かまど》に火を熾すのだから、けっこう時間がかかる。奥の台所から鉄片で火打ち石を叩く音が聞こえる。ほぐして乾燥させた蒲《がま》の穂に、火花を打ち出しているのだ。

「おコンたちでやすが、常娥じゃ三人とも震え、玄関に近い一部屋に固まって寝ていたらしいので。そこへ裏の勝手口のほうから物音が聞こえた、と……」

唐八もモエもおコンも、これから自分たちはどうなるのかと、心配でぐっすり眠れない。すでに松平家と水野家の家臣が命を落としているのだ。かたや老中首座で、もう一方が以前からの老中である。震え上がるのも当然だろう。

うつらうつらとするうちに、寝入るよりも裏手からの物音に三人は緊張し、蒲団の上で抱き合った。物音は狭い裏庭から母屋の台所に近づいた。開けようとしているのが分かる。

「――逃げよう」

三人は意を決し、廊下に出ておもて玄関に向かい、そっと雨戸を開けるなり無人の街道を横切り、茶店の紅亭の雨戸を叩いた。寝泊りしている老爺《おやじ》はすぐに気づき、事態を聞き、大松一家の塒《ねぐら》に走った。弥五郎《やごろう》も伊三次《いさんじ》も飛び起き、素早く若い衆に喧嘩支度をさせ、伊三次が数人を連れて出張った。もちろん町内の長屋に塒を置いている左源太にも、若い衆が走った。

「賊が屋内に押し入ったときには、もう部屋はもぬけのからでさあ。おコンらめ、逃げ出すときおもての雨戸を開けたままにしたものだから、賊は気づいたはずでさあ。そこから逃げた、と。あっしらもそこから入りやしたが、賊もてめえらの入った裏の勝手口から引き揚げ、伊三次の兄イは気を利かしすぐ若い衆を外に出して屋内をあまりさわらないようにし、おコンらも常娥に戻さず茶店の紅亭にとどめたままにしておりやす。そこでともかく龍兄イにと思い、走ってきたしだいで」

深夜に街道を走るのは左源太でなければならない。町のいずれかの木戸番に見咎《みとが》められても、それが同心から岡っ引の手札《てふだ》をもらっている者なら、

「御用の筋」

で、怪しまれることはなく、便宜を供与してくれることもある。もし大松一家の若い者が走って木戸番人に怪しまれたなら、その場で捕物が始まりかねない。

「ふむ。それで三人は無事か」

「言ったでがしょ。三人とも向かいの紅亭にそろって」

「よし、よくやった。伊三次らはまだ紅亭にそろっているんだな」

「もちろんでさあ。おコンも唐八とモエの夫婦ももう震え上がり、紅亭の奥の部屋で固まってまさあ」

「ふむ。すぐ行くぞ」

龍之助が暗い縁側で立ち上がったとき、

「旦那さま、明かりの用意はできましたが、お茶はもうすこし待ってくだせえ」

茂市がようやく火を入れた行灯《あんどん》を提げて奥から廊下に出てきた。

「火は部屋に持っていけ。すぐ外出《そとで》の用意だ。着替えるぞ。お茶はぬるくてもよい。左源太に出してやれ」

「えぇえ、まだ外は暗いですよ」

「だからだ。提灯の用意をしろ」

「すまねえなあ、父《とっ》つぁん。そういうことだ。ぬるくてもかまわねえぜ。早いとこ一杯くんねえ。喉がもうカラカラだい」

「あゝ、いま持っていくよ。ぬるいのを」

奥から聞こえたのはウメの皺枯《しわが》れ声だった。

あたりはまだ寝静まっている。

行灯の灯りのなかに着流しに黒羽織へ着替えているうちに、

「きのうの残りのご飯ですが」

ウメがお茶を出してからすぐお茶漬けを用意した。

「すまねえ。腹も空いてたんだ」

左源太はお茶漬けを腹にかき込んだ。

外に出た。まだ明るさはない。茂市が左源太に持たせたのは、弓張《ゆみはり》の御用提灯だった。暗い街道を急ぐのに、町家のぶら提灯と御用提灯とではまったく条件が違ってくる。闇に〝御用〟の文字が浮かべば、どんな路地でも脇道でも往来勝手となり、町々の木戸番人を起こして使嗾《しそう》することもできる。来るときはぶら提灯だったものだから、怪しまれて時間をとられないようにと気を遣《つか》ったものだ。

新橋を過ぎ、宇田川町《うだがわちょう》に入ったころ、ようやく東の空が白む気配を見せはじめた。

「左源太、ちょいと脇にそれろ。甲州屋に立ち寄るぞ」

「えっ、甲州屋へ？　あ、がってん」

左源太はすぐに理由を解し、枝道にそれた。甲州屋は枝道をさらにもう一度曲がったところにある。

まだ薄暗いなか、雨戸を叩くと、

「どちらさま？」

幼さの残る声は丁稚か、すでに起きていたようだ。

「八丁堀だ」

左源太が告げると、声で分かるのかすぐに潜《くぐ》り戸が開き、丁稚は御用提灯に驚くようすもなく、

「ちょっとお待ちを」

顔を引っ込めると、入れ替わるように手代が出てきた。

「右左次郎《うさじろう》はまだ寝ておりますが、すぐ起こしてまいります」

店場はまだ暗い。左源太は御用提灯の火を消さずに持っている。

「これはこれは」

と、寝巻きに羽織を引っかけて廊下から出てきたあるじ右左次郎の足元も、手代が手燭《てしょく》で照らしている。

「早朝にすまないが、これから日の出とともに幸橋御門を松平さまの手の者が、外から急ぎ戻らぬか気をつけていてくれぬか」

「はあ？」

「理由《わけ》はあとで話す。ともかく頼んだぞ。左源太、行くぞ」

「へい」

左源太は先に立って潜り戸を出ると、足元を御用提灯で照らした。

「ご苦労さまでございます。お気をつけて」

右左次郎は潜り戸から顔を出し、二人の影を見送った。首をかしげながらも、

(承知)

の意思表示である。

「へへ、龍兄イ。襲ったのはやっぱり松平さまの手の者と見通してなさるので？」

「ふふ。おめえも伊三次もそう見て、俺を起こしに来たんじゃねえのかい」

話しながら二人の足はふたたび街道に出た。日の出はまだだが、もう提灯はいらないほどとなり、街道には人の影も見られはじめた。

「あっ、旦那。ご苦労さまにございます」

声をかけてきたのは朝商いの豆腐屋だ。前方に見える影は納豆売りか。大股で歩く旅装束の影も一つ二つと見える。江戸の一日はすでに始まっているのだ。左源太は御用提灯の火を吹き消した。

茶店の紅亭に近づくと、雨戸はすでに開けられ、中から伊三次が走り出てきた。入れ込みに入ると、大松の弥五郎も来ていた。

外が急激に明るくなった。日の出だ。その明け六ツの鐘を聞きながら、

「ふむ。甲州屋に頼んでよかった」

思わず呟《つぶや》いた。柳営の各城門が開くのは日の出の明け六ツである。昨夜、幸橋御門内の松平屋敷から刺客が出たなら、夜明けまでいずれかに潜んで開門と同時に御門内に帰るはずである。それを見とどけるべく、いまから弥五郎に言って若い衆を御門の近くに配置しても間に合わない。

「えっ、なんのことです？」

龍之助の呟きに弥五郎が問いを入れた。

「そのことよ。さっそく現場を見せてもらおうか」

「へい。手をつけず、そのままにしてありやす」

左源太が応じたとき、

「旦那。常娥の三人、すっかり怯《おび》えてしまって」

お甲が奥から出てきた。お甲も知らせを受け、奥の部屋でおコンらにつき添っていたようだ。

「おう。あの三人、おめえがついててやるのが一番いい。さ、伊三次、行くぞ」

龍之助は休む間もなく伊三次をうながした。

二

目立たぬよう、龍之助の現場検《あらた》めにつき添ったのは伊三次と左源太だけだった。弥五郎は龍之助に言われ若い者を二人ほど、おコンら三人の震える隣の部屋に残し、つなぎの場を神明宮石段下の割烹《かっぽう》紅亭に移した。茶店の紅亭におコンらを残したまま、できるだけ目立たないようにするためだ。

龍之助は、伊三次の説明を聞きながら常娥の中を検分している。

「あっしらは提灯をかざしておもての雨戸から入りやしてね、賊はちょうど裏の勝手口からずらかるところでした。やつらの持っていた灯りは二つで、いずれも龕燈《がんどう》でやした。人数は四、五人といったところでやしょうか」

伊三次は言った。龕燈は薄い鉄板の筒で、回転式の蠟燭《ろうそく》立《た》てが底の錘《おもり》で常に上向きになる優《すぐ》れものの照明道具で、しかも蠟燭の火が直接対象物を照らすため、紙で覆われた提灯にくらべ格段に明るい。おもに武家が日常にそなえている照明用具で、町家では使われていない。伊三次はわざわざ〝龕燈で……〟と言った理由はそこにある。

(賊は武家ですぜ)

言っているのだ。

「ふむ。それも四、五人か」

「へい。勝手口からあとを尾《つ》けようかと思いやしたが、屋内のようすを見るのが先決と思い、台所口のほうへ戻りやした」

「それでよい。賊が武士であったなら、おめえも手下の若い衆も斬られていたかもしれねえ。それで、屋内は?」

「人のいないのを確かめただけのようで、つまり物盗りではありやせん。唐八らは部屋の行灯を消してからおもての雨戸から逃げたと言っておりやしたが、油皿に残っている熱や、開いたままの雨戸から、逃げたばかりであることには気づいたはずです。あっしらが駈けつけたとき、その雨戸にチラと龕燈の灯りが見え、賊はすぐにずらかったものと思われやす」

「おめえら、提灯はかざしてたかい。それに、そのときの人数はどのくらいだった。喧嘩支度は?」

「へえ。あっしを入れ、六人でやした。対手のようすが判《わか》らないもんで、みんな刀を抜き、提灯を持った者も抜刀して身構え、ソロリと近づきやした」

「ほっ。だったら、賊はそれを見て逃げ出したってわけで？」

左源太が横合いから問いを入れた。左源太が呼ばれたのはそのあとのことで、詳しい話を聞く前にともかく、

「――鬼頭の旦那に」

と、八丁堀に走ったのだ。

「おそらく」

伊三次は左源太の問いに応えた。

「ふむ、それでよい」

龍之助はふたたび言った。突進していたなら武士団と町奴《まちやっこ》の斬り合いになり、街道筋ばかりか周辺の町々は深夜に騒然となったことであろう。賊のほうも、それを避けたのだろう。

庭や土足で上がった廊下の足跡から、賊の人数は伊三次の見立てどおりのようだ。部屋はいずれも襖《ふすま》だけが破られ、押入れも開けられていたが、器物が散乱していることはなかった。これもやはり、伊三次の話どおりで物盗りの所業でないことは明らかだ。それに、

「なるほど」

龍之助は頷いた。裏の板塀の勝手口だ。小さな板戸の小桟《こざる》が外から刃物で押し切られ、半分ほど切ったところで無理やり押し開けられている。このときの物音に唐八らは気づき、おもての玄関口から逃げ出したのだろう。これがもし左源太なら、なんなく板塀を乗り越え、中から小桟をはずして音もなく仲間を庭へ引き入れていたことだろう。

「やつら、忍び込みの素人《しろうと》でやすね」

「ふふ。そのようだ」

乱暴に破られた勝手口に左源太が言ったのへ、龍之助は苦笑いの態《てい》となった。左源太が組屋敷の冠木門を乗り越え、庭の雨戸を叩くまでその〝侵入〟にまったく気づかなかったのだ。

常娥の屋内には留守番に大松一家の若い衆二人を置き、龍之助らは場を石段下の割烹紅亭に移した。弥五郎が一人で待っていた。普段なら割烹紅亭で仲居をしているはずのお甲はいま、街道おもての茶店紅亭の奥の部屋に、おコンたちと一緒にとどまっている。つき添っているというより、おコンたちが心配のあまり常娥のようすを見に行ったり、武士団に深夜侵入された恐怖から、不用意に外へ逃げ出したりしないよう見張っているのだ。襲ったのが計画的だったのなら、目的達成まで敵は二波、三波と仕掛けてくるのは十分に考えられる。

(それをどうするか)

決めるためにも、おコンらに勝手に動かれては困るのだ。

割烹紅亭の奥の部屋に、龍之助と左源太、弥五郎と伊三次の四人の顔がそろっている。奉行所の役人と無頼が早朝から料理屋で膝を交えているなど、他の町では見られない光景だ。だが神明町では奇異ではない。神明町の住人たちは、龍之助と弥五郎が協力しあっているから、町が平穏無事を保っていることを知っているのだ。

「やはり、鬼頭の旦那もそう見立てられやしたかい。常娥に押し入った賊は侍で、それも松平さまか水野さまの屋敷から出ていると……」

「松平だ」

弥五郎が言ったのへ、龍之助は断言するように応えた。

「あっしもそう思いやす」

言ったのは伊三次だった。

「世間じゃ松平さまの堅苦しいご政道が始まったと恐々としておりやす。その松平屋敷の者が妓狂《おんなぐる》いで藩金まで持ち出し、みっともない死に方をしたとあっちゃ、ご政道も出鼻から挫《くじ》かれまさあ。だから、それの舞台となった水茶屋のあるじ夫婦と相方になったおコンを抹殺し、すべてなかったことにしてしまえ、と」

奉行所の役人の前で町衆がこんなことを言えば、即刻番屋に引かれることになるだろう。だが神明町ではそうした世間一般とはまったく異なる。

「そのとおりだ、伊三次。だからだぜ、やつらはあきらめず、また仕掛けてくるだろうよ」

「うーむ」

龍之助が言ったのへ、貸元の弥五郎は頭を抱えるように呻《うめ》いた。下手をすれば、それこそ町内で血を見る惨劇が展開されることになるのだ。頭を抱えたいのは弥五郎だけではない。龍之助もそうなのだ。

「常娥のあの三人を、いま即刻、所払いにすれば……」

伊三次が言ったときだった。

「おもてに甲州屋の旦那さまが」

廊下から襖越しに女将《おかみ》が声を入れた。

「おう、旦那が直接来なすったかい。こちらへ通してくれ」

龍之助が返し、

「へへ。日の出前にね、旦那とちょいと寄ってきたのでさあ」

左源太が弥五郎と伊三次に、甲州屋の来た事情を説明した。

「これは皆さまおそろいで。街道の茶店のほうへ行くとお甲さんがいて、こちらだとおっしゃったもので」

部屋へ案内されるなり甲州屋右左次郎は、お甲からすでに事情を聞いたか、

「やはり、松平さまの足軽さんたちが……」

言って腰を下ろし、

「手代と丁稚を御門の近くに走らせたところ……」

確認したのは二人で、一人は龕燈を手にしていたという。城門が開くなり大名小路の角から出てきて御門内に入り、そのうちの一人は松平屋敷で手代も顔を見知っている者だったという。引き取った贈答品が多いとき、運ぶのを手伝ってもらったことがあるらしい。

「そういうことで、松平さまは大事なお客さまでございますが、私も町家の者でございます。なにやら大事そうなことなので、私が直接参ったしだいでして。それに、いくらかの間をおいて、松平さまの別の足軽さんたちが急ぐように、宇田川町を経て神明町のほうへ行かれました。私が確認したのは三人だけですが、ほかにもまだ幾人か

出ておいでのようです。これでなにかお役に立ちましょうか」

甲州屋右左次郎は腰を上げた。面長に金壺眼《かなつぼまなこ》の小さな双眸《め》が頼もしく見えた。部屋はふたたび四人となった。

「よし、間違いない。さきほどの甲州屋の言葉、聞いたか。俺は決めたぞ」

龍之助は、丸顔に坊主頭の弥五郎と、精悍な顔立ちの伊三次を交互に見つめた。龍之助に念を押すように見つめられ、二人は無言で頷いた。

「おっと、そうこなくっちゃ」

左源太がはしゃぐような声を上げた。この顔ぶれでは、〝決めた〟ことをわざわざ口にすることもない。あいつら常娥の三人、所払いにするにも松平の手からは、

（護ってやる）

それを決めたのだ。

「それにしても、うーむ」

息苦しいような呻きが座に洩れた。一人ではない。一同そろってである。甲州屋右左次郎は、松平屋敷から新たな足軽がくり出したことも告げたのだ。予想はつく。

「きっとおコンらの居場所をつきとめようと、新たな足軽をくり出したに違いありやせんぜ。ということは……」

「あはは。このあたりをウロチョロと」

伊三次が言ったのへ左源太がつないだ。

「そのとおりだ、左源太。お甲にこのことを。おコンらを一歩も外へ出さず、所在を秘匿するのだ」

「伊三次、若い者を何人か地まわりさせろ。松平の手の者がどれだけ出張ってきているか調べろ。かまえて足軽たちと事を起こすんじゃねえぞ」

「へい」

「がってん」

龍之助が言ったのへ弥五郎がつづけ、職人姿の左源太と遊び人風体の伊三次がほとんど同時に返し、腰を上げた。部屋には龍之助と弥五郎の二人となった。

「鬼頭さま、ほんと旦那はおもしれえお役人でござんすねえ。かつて無頼を張ってらしたことは承知しておりやすが。いってえ、なんで……なにか因縁でも?」

「ふふふ、弥五郎さんよ。俺もおめえの前身は知らねえぜ」

「おっと、これは失礼いたしやした」

「あのう、午《ひる》までにはまだ間がありますが、膳はいかがように」

廊下からまた女将が声を入れた。

「午には二人とも帰《けえ》ってるだろうよ。四人分だ」

弥五郎が返した。

三

きょうの未明だ。

常娥の勝手口をこじ開けたのは、確かに松平屋敷の足軽衆だった。さすがに一見それと分かる膝までの腰切の着物で足には脚絆《きゃはん》を巻き、木綿の羽織を着けた出《い》で立ちではなく、黒い絞《しぼ》り袴《ばかま》に黒い覆面までして脇差を一本しか差していなかった。殺害の場は屋内と算段していたのだろう。差配は組頭《くみがしら》の倉石俊造《くらいししゅんぞう》で、三人の足軽を従えていた。人数は伊三次の見立てどおりで、左源太が勝手口の小桟のようすから〝素人〟と見なしたように、それらに忍びの心得はなかった。

屋内に押し入ったものの唐八たちに逃げられ、行灯の油皿の熱いのに気づき、おもての雨戸が開いているのを見てあとを追おうとしたところへ、提灯をかざした伊三次たちが見えたのだ。龕燈は前方だけを照らし、灯りを向けられた者から相手は見えないが、提灯の灯りは淡いが全方位で持っている者の姿も浮かび上がらせる。伊三次たちは抜刀し、人数もそろっていた。

「いかん。引け！」

倉石俊造は命じ、裏庭から引き揚げた。そのうしろ姿を伊三次たちは見たのだ。このときの倉石の下知《げじ》は適切だった。伊三次らと戦えば、たちまち一家の若い衆の数は増え、一帯は騒然となり大松一家にも犠牲者は出たろうが足軽たちはその場で殺されるか、生き残った者は捕えられて自身番に引かれただろう。取調べで家名が出れば、それこそ一大事である。

――松平家の家臣が深夜、水茶屋に押し入った

噂はたちまち江戸中に広がり、松平定信の受ける打撃は計り知れないものとなる。

常娥を出た倉石たちはいずれかに身を潜めて黒装束を脱ぎ、日の出の明け六ツに城内へ逃げ帰り、そのうち二人が甲州屋の手代に見られたことになる。

幸橋御門内の屋敷で首尾を待ちかねていた足軽大番頭《おおばんがしら》の加勢充次郎《かせみつじろう》は、組頭の倉石俊造から報告を聞くなり愕然とし、加勢の倉石を罵倒する声が朝の屋敷内に響いた。だが事態は、罵倒して済むものではない。おコンらが逃げた以上、探索組を出すのに間を置けばおくほど向後の策が困難になる。すぐさま他の足軽組をおコンらの探索に出し、それをまた甲州屋右左次郎に目撃されたのだ。明るくなってからの探索に黒装

束に身を固めるほど愚かではないが、やはりとっさのことであり変装までは考えつかなかった。果たしてその姿は膝までの腰切の着物に大小を帯び、足には脚絆を巻いた一見下級武士と分かる出で立ちだった。だから右左次郎の目にとまったのだ。加勢は出役《しゅつやく》を命じた足軽たちに、

「居所を突きとめるだけじゃぞ。見つけても、かまえて白昼に殺害しようなどとしてはならぬ！」

厳命したのは、さすがに大番頭と言えようか。

それらを押し出してから、中奥の家老部屋に次席家老の犬垣伝左衛門《いぬがきでんざえもん》と加勢充次郎が対座し、かたわらに倉石俊造が、

「申しわけ、申しわけもござりませぬ」

声を絞り出し、額《ひたい》を畳にこすりつけていた。家老の犬垣伝左衛門も、ここで足軽組頭の倉石俊造を詰《なじ》っても埒《らち》の明かないことを心得ている。

「倉石、もうよい。頭を上げよ」

落ち着いた口調で言うと、視線を加勢充次郎に向け、

「鬼頭龍之助と申したのう、当家より十分な役中頼みをしている町方の同心は」

「御意《ぎょい》」

「かくなる上は殿に言上し、その者が極秘にではなく、町奉行所の役務として、公然とその水茶屋のいかがわしい者どもを探索できる環境をつくっていただくしかないようじゃのう」

「なれど、いかようにして」

「柳営を動かすのじゃ。それも早急《さっきゅう》にじゃ。殿が登城されるにはまだ間がある。さっそく伺い立てようぞ。それにしても、あゝ、なんと辛い立場よ」

犬垣伝左衛門は倉石俊造をジロリとにらんで腰を上げ、平伏する加勢に、

「かというて、当家独自の探索の手を抜いてよいということではないぞ」

さらに、

「倉石よ。おまえだけであったのう、加勢以外にあの水茶屋の妓どもの面体を慥《しか》と知っておるのは」

「御意」

「励《はげ》め」

「ははーっ」

二人は再度畳に額をすりつけた。それらの頭の上に、また犬垣の声がながれた。

「これもあれも、すべて殿のご政道のためじゃわい。わしはそう心得ておるゆえ、お

まえたちもな」

「ははーっ」

二人はあらためて平伏した。


石段下の割烹紅亭では、左源太と伊三次が出たまま、まだ帰ってこない。そのあいだに龍之助は一度、街道おもての茶店紅亭へようすを見に出かけた。お甲が、

「さっき左源《さげん》の兄《あに》さんが、旦那の言付けだと言ってきたから、しっかり張り付いていますよ」

奥の部屋で言った。おコンら三人はまだ緊張の色を消さず、寄り添っている。いまとなれば、ほかの妓や下働きの婆さんたちが、勝手に逃げ出してくれたのがかえってありがたく思えてくる。三人はお甲に言われ、雪隠《せっちん》に行くにも茶汲み女が不審な者が店の近くにいないかどうか確かめてからにしている。三人にとっては、日ごろ毛嫌いし恐れている町方の役人が、

（一番頼りになってくれるお方）

考えを新たにしていた。三人とも、きょう未明に襲ってきたのが〝松平の侍〟であることに気づいている。

「おめえらをここで引っくくって茅場町《かやばちょう》の大番屋に送るのは簡単だ。だが、相手が相手だ。大番屋とはいえ、おめえらにとって安全な場とは言えねえ」

三人とも小刻みに幾度も頷いた。相手は老中首座の松平定信なのだ。茅場町の大番屋だろうが小伝馬町の牢屋敷だろうが、簡単に手を入れてくるだろう。そういう人物に狙われていることを、三人は自覚している。龍之助はつづけた。

「ともかくだ、命が惜しけりゃ俺が指示を出すまで、ここから一歩も出るんじゃねえぞ。話し声だって、壁一枚で神明町の通りへ洩れると思え」

「は、は、は、はい」

三人の返事がぎこちなくそろった。

弥五郎も、

「あっしもちょいとおもてへ」

と、若い衆を一人ともなって出かけた。浜松町や増上寺門前町の貸元衆に、

「大松《うち》の若い衆があたりをチョロチョロしますので……」

挨拶を入れに行ったのだ。松平家の足軽の聞き込みの範囲を把握するには、かなり広く見張らなくてはならない。他の縄張の貸元衆と悶着を起こさないためには必要な事前の挨拶だ。これは龍之助にはできない。弥五郎ならではのことだ。町家の妓の命

が武家に狙われていることを説明し、

「ふふふ。相手はお武家の大物も大物」

声を低め、

「松平のご老中さまだ」

話すと、

「神明町の、手を貸すぜ」

言う貸元がけっこういた。〝謹厳実直〟のご政道に、いずれの貸元も危機感を抱いているのだ。なかには大松の弥五郎が、松平家出入りの献残屋や一風変わった無頼上りの同心と親交があるのを知っている貸元などは、

「——実際のところはどうなんだろうねえ」

などと、一升徳利を持って問い合わせに来たりもしているのだ。

左源太と伊三次が割烹紅亭に戻ってきたのは、午《ひる》すこし前だった。

「へへへ。あいつらやっぱり素人だぜ」

「ま、そういうところでやした」

部屋に入るなり左源太が言ったのへ伊三次がつないだ。〝敵〟はいずれも丈《たけ》の短い着物に脚絆を巻き、木綿の羽織を着けているのだ。それらが、

「おい。けさ夜明け前だ。いかがわしい若い女と、その世話役のような四十路《よそじ》くらいの夫婦者がころがり込んで来なんだか」

「いや、出せと言っているのではない。いるかどうかだけを言えばよい」

常娥を中心に旅籠や木賃宿、それに飲食の店にも、軒なみ聞き込みを入れているのだ。そのように正面切っての、しかも居丈高《いたけだか》な問い方では、たとえそれらしいのが草鞋を脱いでいても、

「さあ、知りませんなあ」

どの店も応えるだろう。

それは神明町から浜松町、増上寺門前町一帯に及んだ。もちろんななめ向かいの茶店紅亭にも来た。

「へいへい、いかがわしい若い女で？　お武家さまがた、そういうのをお探しで？」

老爺はからかい半分に問い返していた。

午の膳をつつきながらとなった。

「ここにも来ましたよ。うちは旅籠じゃありませんし、暖簾を出すのも陽が昇ってからですって応えておきました」

膳を運んできた仲居も言っていた。松平家の足軽たちが、いかに人数を繰り出し広

範囲に聞き込みを入れようと、大松の弥五郎が縅口令(かんこうれい)を出さなくても足がかりさえつかめないことは確実である。その安心感が割烹紅亭の部屋にはながれている。だが、これからどうする……まだ決めていない。

「夜中にでもどこかへ移しやしょうかい」

「あの三人には、江戸に住むところはもうないぞ。松平の探索の範囲が四宿《ししゅく》にまで拡大される前に、江戸から所払いにしてやらねばなるまい」

伊三次が言ったのへ龍之助がつなぎ、さらに弥五郎が、

「鬼頭の旦那も難しいこと言いなさる。所払いとはつまり、その範囲を出るまでの安全は保証してやるってえことですぜ。四宿と言いなすったからには、江戸を出るまでということになりやすが、そこまで見なさるかい」

四宿とは東海道の品川宿、甲州街道の内藤新宿、中山道《なかせんどう》の板橋宿、奥州・日光街道の千住《せんじゅ》宿のことである。当初、弥五郎や伊三次の念頭にあった〝所払い〟とは、せいぜい神明町から目の及ばないところへという程度だったから、松平家のおかげで範囲は格段に広がったことになる。しかも〝失《う》せる目処《めど》がつくまで〟などと悠長なことは言っておられない。

（今宵）

この座の一同の念頭に走っている。

「へへ。老中首座の松平の目が及ばねえところと言やあ、蝦夷地《えぞち》か琉球しかありやせんぜ。三宅島《みやけじま》や八丈島《はちじょうじま》だって、お役人の目が光ってまさあ」

左源太が冗談とも真剣ともつかぬ口調で言った。左源太は三宅島の島帰りで、左腕に二筋の入墨が黒く入っている。これには弥五郎も伊三次も龍之助も、左源太に負い目がある。原因は神明町での賭場《とば》のいざこざであり、左源太が牢に入れられたのを龍之助は気づかず、みすみす島送りにさせてしまったのだ。だが、異例のわずか半年で赦免船に乗れるよう手配したのは龍之助だった。しかし、左腕の入墨は一度入れば一生消えることはない。

「ま、たとえばの話でさあ。あの三人、お江戸を出てどこか目立たねえ土地で生きるしかありやせんぜ。おコンもいい女だったばっかりに、とんだ業《ごう》を背負い込んでしまったもんだぜ」

「せめて今宵、江戸を出るまでだ。天下の老中の目をくらますなんざ、やりがいがあるってもんだ。なあ、伊三次」

左源太がつづけて言ったのへ弥五郎がつなぎ、伊三次は頷いていた。

「そうと決まったら左源太、腹ごしらえが終わってからでいい。お甲におコンらがどの街道を出たいか訊くように言っておけ。やつらも江戸にはもう住めねえことは分かっていようからなあ」

「へい。出るのは今夜でござんすね」

「そうなるな」

龍之助の返事に、弥五郎も伊三次も頷き、あらためて膳の箸が動きはじめた。

この日、一番忙しかったのは龍之助かもしれない。

四

午《ひる》が過ぎ、割烹と茶屋の紅亭を往復した左源太が、

「旦那。あの野郎たち、来てやしたぜ」

龍之助に言った。割烹紅亭の部屋には、弥五郎も伊三次もいる。神明宮の石段下から街道に交差するところまで、門前町の通りはおよそ一丁半（およそ百五十米《メートル》）ほどである。

「あの野郎たちとは？」

「ほれ、青木与平太《あおきよへいた》とかいいやしたかい、松平ののっぺり侍を常娥の玄関口で葬った

とき……」

現場に居合わせ、その青木与平太を松平家の者ではなく〝無宿浪人者と見なしもう
す〟と断言した松平家足軽組頭の倉石俊造である。その者が、あのとき差配していた
足軽を引き連れ、常娥の近辺を徘徊《はいかい》しているというのだ。なるほどあのとき、足軽組
頭はおコンに唐八、モエを眺《ね》めまわしていた。それら三人の顔を慥《しか》と記憶にとどめて
いるのは、松平家ではこの倉石俊造だけなのだ。聞き込みを入れるよりも、町に出歩
いていないか找《さが》しに出てきたようだ。

「ふむ。三人を外へ出すのは、ますます用心しなければならんなあ」

龍之助が言っているときだった。割烹紅亭の女将が、

「鬼頭さま。お屋敷から茂市さんが火急にと、玄関にお見えです」

「火急？　ここへ通せ」

告げに来たのへ、龍之助は即座に応えた。

（なにか異変か）

座は緊張した。部屋に通され、そこに左源太だけでなく弥五郎も伊三次もいるのに

茂市は一瞬戸惑い、

（よろしいので？）

（かまわん。用件を言え）

龍之助と目で合図を交わし、その場へ中腰になり、

「お奉行所より、きょう昼八ツ半（およそ午後三時）、与力、同心すべて定町廻りも隠密廻りも奉行所にそろうべしとのお達しがありました。目下微行《びこう》中の者も、急ぎ戻れ……と」

奉行所から組屋敷へ小者が伝えに走り、それぞれの下男が町へ走り出たという。茂市は老いの身で茶店の紅亭に走り、お甲に割烹のほうだと言われ、門前町の通りをまた走ってきたという。

「よございました。ほんとに微行されているのなら、找すのに一苦労でございましたから」

茂市は言い、疲れたのか中腰の姿勢を崩しそうになり、手を畳について支えた。

「八ツ半？　さっき八ツ（およそ午後二時）の鐘が聞こえたばかりですぜ」

「ふむ。左源太、ついてこい。どんな緊急の連絡が必要となるかもしれん。茂市はあとからゆっくり帰ってこい。弥五郎、常娥の三人は俺からの連絡があるまで、いまのままに。かまえて動かすな」

「へい」

弥五郎が返したとき龍之助はすでに廊下に出て、左源太がつづこうとしていた。茂市は急に疲れが出たか、

「ふー」

その場に尻餅をついた。

「茂市どん、なんなんだね。奉行所が至急全員そろえとは」

弥五郎が心配げに訊いていたが、使番《つかいばん》の茂市に答えられるはずがない。

「兄イ、いってえなんでやしょうねえ」

「それが分からねえから急いでんじゃねえか」

龍之助と左源太も会話を交わしながら、門前町の通りを急ぎ足で街道に出た。

「あ、旦那。ご苦労さんにございます」

「きょうは左源太さんも一緒かね」

沿道の暖簾の中や往来人から声がかかる。左源太にとって、龍之助と御用の筋で一緒に道を急ぎ、町の住人から声のかかるのが最も誇らしい瞬間である。

茶店紅亭の前で、おもての縁台まで出てきていたお甲が、

「あらら、さっき茂市さんが来たけど、どんな急ぎの用?」

声をかけてきた。お甲にとって、奥の狭い部屋の中でおコンら常娥の三人とじっと

膝を突き合わせているなど退屈この上ない。気晴らしにおもてへ出たところへ龍之助と左源太が通りかかったのだ。さいわい、周囲に倉石俊造の姿も他の松平家足軽たちもいなかった。常娥とは目と鼻の先の茶店紅亭が、一番安全な場のようだ。

「へへん、お甲。おめえはもうすこし三人のお守《も》りをしときな」

「いましばらくだ、お甲」

龍之助は左源太を急かした。

「んもう」

お甲はその場で足を踏み鳴らした。縁台にご新造風の参詣客が三人ほど腰を下ろしていたが、小さな子供でも預かっているのかと思ったことだろう。そのあたりの言葉の使いようには、左源太もお甲も十分に心得ている。

急いだ。

左源太が街道でふり返ると、かなりうしろを茂市がついてくる。新橋の騒音が聞こえてきたころ、もう茂市の姿は見えなくなった。

それでも呉服橋御門内の北町奉行所に着いたとき、すでに刻限の八ツ半は過ぎていた。門番に訊くと、

「へえ、まだお戻りでないお方もけっこうおいででございます」

一安心だ。龍之助は庭を母屋に急ぎ、左源太は正門脇の同心詰所に入った。十人前後の岡っ引や組屋敷の下男たちが手持ちぶさたに座り込んでいる。左源太も、

「へい、御免なさんして」

畳に上がった。そのあとすぐ二人ほど増えた。いずれも同心から、緊急の使番にと留め置かれているのだろう。いずれかの岡っ引同士が、

「いきなり八丁堀の下男が走り込んできやがってよ、旦那はいまどこをまわっていなさるってんだから驚いたぜ」

「そうよ、こっちもだ。急な捕物かと思ったら、ただ奉行所へ戻れってんだから、なにか大事なお達しでもあるのかなあ」

話している。与力や同心たちが出払っているところへ、不意の帰還命令など珍しいことで、大事な下知があるときは前日かすくなくとも朝のうちに予告があるはずなのだ。左源太は神明町では大っぴらに見せている左腕の二本の黒い線を、ここではソッと袖をととのえ見えないよう気をつかった。

母屋の同心溜りでは、

「お、鬼頭どのも戻って来られたか」

同僚が迎える。といっても、そろっている顔ぶれはせいぜい半数を超えるほどだっ

た。やはり急な召集で、所在がつかめない者もいるのだろう。龍之助のあとからも、二人ほどが、

「もうなにかお達しがありましたか」

と、廊下から同心溜りへ走り込んできた。とっくに八ツ半は過ぎている。小者が、与力衆が奉行の部屋でなにやら下知を受けていることを話した。それも、与力全員がそろっているわけではなさそうだ。与力も同心も全員が一同に集まって奉行からご下命を受けるのではなく、与力を通してとなれば、いつもの手順と変わらない。

「いったい？」

と、隠密廻りも定町廻りも首をかしげているところへ、奥のほうに動きが感じられた。奉行の曲淵甲斐守《まがりぶちかいのかみ》からの下知か下命か訓示か分からないが、終わったようだ。同心たちにそれを伝えるべく、同心溜りへ入ってきた与力の平野準一郎も、なにやら首をかしげ、迎えた同心たちはかえってそこに興味を持ち、座につく平野与力を見つめた。平野はそれらの視線のなか文机《ふづくえ》を前に座し、

「つまりだ」

なにからどう言ってよいか分からぬといった口調で一同を見まわし、

「老中におかれてはだナ」

もちろん〝おかれて〟の老中が松平定信であることは、言わずとも訊かずとも一同には分かる。

（その松平がどうした）

龍之助は街道を左源太と急いでいたときに層倍する気分で、つぎの言葉を待った。

「前《さき》の老中のときより柳営はおろか、江戸市中においても風紀は紊乱《びんらん》し、諸人《もろびと》享楽《きょうらく》に走るは、はなはだ遺憾なり。かかる状態においてはいかなるよき政道も成りがたく、よって町方においては世の状態を善美ならしむる先鋒たるべし……と、お奉行にお達しがあったそうな」

松平定信が老中筆頭に就いてより、幾度か聞かされたお達しとなんら変わらない。一同は気抜けした思いになったなか、平野与力の言葉はつづいた。

「そこでだ、江戸市中の風紀を徹底して正すべく、いわゆる岡場所なるいかがわしきところを厳しく取り締まり、お上の強き姿勢を民に知らしむべしと。もって喫緊《きっきん》の要事とし、公然とおこないしところより、むしろ一般の茶屋などに擬装し、秘かに風紀を乱している箇所へ重点を置き、たとえ暖簾を下ろしたところといえど容赦なく追及し、その身柄を拘束すべしと。さすれば公然とおこないしところ、おのずと消滅すべし、と。それもなあ」

不意に平野与力はくだけた口調になった。

「あすからといわず、きょうからさっそく取りかかれとよう、そうお奉行は柳営で賜《たまわ》っておいでじゃったということだ」

隠密同心も定町廻り同心も、互いに顔を見合わせた。これが市中に出張っている者まで急に呼び集めて下知する内容か……。それに〝一般の茶屋などに擬装〟しているところから狙えなどと、現場の策に関わることまで老中が指図するのか……。

「とまあ、お奉行の下知はそこまでであった。おのおの、この意をよく体し、もって成果を上げよということだ。どっこいしょ」

平野与力は両手を文机につき、上体を支えるようにして腰を上げた。そのような歳ではない。平野も、松平定信が緊急としてさような指示を奉行の曲淵甲斐守に出したことにあきれているのだ。

「こりゃあ先が思いやられるぞ」

「そうそう。日常の細かいことにまで、いちいち口を出してくる前触れかもしれませんなあ」

与力の去った同心溜りには、隠密と定町廻りを問わず、これからすぐ町へ飛び出すよりも私語が始まった。

「大きな門前町を二つも抱えている鬼頭さんなど、これから取り締まるにも一苦労がいりましょうなあ」

「あゝ」

龍之助は曖昧に応えた。内心にコトリと響くものがあったのだ。

(まさか、おコンら三人を俺に探索させ葬るため、松平定信め、かくも大掛かりな策を弄《ろう》しおったのか。公私混同もはなはだしいが)

おコンらが逃げ果《おう》せぬうちに、探索は緊急を要する。けさ早く失策《しくじり》を知った松平屋敷はさっそく手を打つべく……。時のながれを考えれば、

(符合する)

臆面もなく公私混同する松平定信に、龍之助はあきれるよりもゾッとするものを覚えた。

「どうなされた、鬼頭さん。向後のことを考え、悩んでおいでか」

「あ、あゝ。まあ、そういうことです」

また同輩が声をかけてきたのへ返したときだった。

「鬼頭さまへ。お屋敷の人が至急伝えたき儀ありと、同心詰所に」

「ん？　そうか」

門番が伝えにきたのへ、龍之助は腰を上げた。詰所には左源太が使番として控えているが、

（茂市が？　神明町になにか異変⁉）

頭に思いを走らせながら、おもての庭に急いだ。

同心詰所の前に、茂市と左源太が立っていた。龍之助が走ってくるのを見ると茂市も走り、左源太がそれにつづいた。

「兄《あに》、いや、旦那。なにか急用らしいですぜ」

「旦那さま」

と、茂市は他の岡っ引や下男たちがいる同心詰所ではなにも左源太に話さなかったようだ。立ちどまるなり、

「松平屋敷の加勢充次郎さまの遣《つか》いの方が組屋敷に来られ、奉行所の用向きが終われば、至急、甲州屋にお越し願いたい、と」

「えっ。またかい、あの足軽大番頭《おおばんがしら》さん」

低声で言ったのへ、左源太があたりを忍ぶように返した。三人は門番からも同心詰所からも離れたところに立っている。

「ふむ」

龍之助は頷いた。松平屋敷では、きょうこの時刻に奉行所で曲淵甲斐守から与力、同心に下知があることを知っていたことにならないか。加勢充次郎の急な面談要請は、そこに連動しているようだ。

「分かった。左源太、こんどは宇田川町だ。岩太も来ていよう。茂市、今宵は遅くなるかもしれぬ。さきに寝ていていいぞ」

「滅相もありません」

茂市の声を背に、龍之助は門番詰所で弓張の御用提灯を借りて左源太に持たせ、そのまま奉行所を出た。太陽がようやくかたむきかけた時分だが、帰りはきのうより遅くなるか、場合によっては帰れなくなるかもしれない。

五

「へへ、兄イ。明るいうちの御用提灯もオツなもんでやすねえ。みんなジロジロ見てやすぜ」

「馬鹿もん、ひかえめに持て。かざしたりするんじゃねえ。みっともない」

街道はまだ夕刻近くの慌しくなる時分ではなく、小銀杏《こいちょう》の髷に着流し黒羽織の同心

と御用提灯をかざした職人姿の男が急ぎ足をつくれば、

「おっと、これから夜まで見まわり？」

「あら、長丁場の捕物？」

大きな風呂敷包みを背負った行商人風が道を開ければ町娘がふり返る。脇道に素早く入り、小銀杏と御用提灯が通り過ぎるのをじ凝っと見ているのは、もぐりの賭場の触れ役かもしれない。

「兄イ。さっき脇道へ隠れたやつ、臭いやすぜ」

「ふむ。明るいときの御用提灯も役に立つなあ。俺も感じたぞ」

「引き返してふん縛りやすかい」

「これが微行か定廻りだったらな。いまはともかく急げ」

「へい」

話しながら大股で歩く足元に、土ぼこりが低く舞う。腰切半纏《こしきりばんてん》に股引《ももひき》の左源太はそのまま奔《はし》りも跳びもできるが、龍之助は羽織を着けておれば着流しを尻端折《しりはしょり》にはできず、裾をちょいと指でつまんでいる。

橋の上でも、

「おっとっと」

大八車が御用提灯の二人を避けるように軛《くびき》を脇へ切る。新橋を渡れば宇田川町は近い。陽は大きくかたむき、往来人の影が目に見えて長くなりはじめた。

「あっ、鬼頭さま! 加勢さまが、もうお待ちでございますっ」

おもてをのぞいた丁稚が知らせたか、手代が暖簾から飛び出してきた。献残屋は一般の商舗《みせ》と異なり、大っぴらにする商いではない。おもてはいたって質素で看板も暖簾も小さく、前を通っただけではなにを扱っている店か分からないほど、まったく目立つ構えではない。だが一歩なかに入ると来客用の座敷が二間も三間もあり、裏手には倉が二棟もある。

その裏庭に面した客間で、加勢充次郎は待っていた。右左次郎が相手をし、献残商いの話をしていたのか、どちらも満悦そうな表情だ。〝質素倹約〟に声を大にしていても、やはり老中首座ともなれば〝願い事〟の品はあとを絶たないのか、それのほとんどを甲州屋が引き取って換金している。部屋から見える裏庭の倉には、老中の献残物にふさわしい高価な品が多数収められている。それをまた贈答用に求める大名家や旗本、大店《おおだな》は多い。それらの一つ一つの品のながれを把握し、おなじところにおなじ品がまわったり、最初に贈った屋敷にそれがまた戻るなどといったことがないように細心の注意を払うのも、献残屋の重要な仕事の一つだ。

「あ、鬼頭さま。お越しになりましたか」

右左次郎は中腰になり、

「あとはごゆるりと」

対座していた加勢充次郎に視線を向け、廊下へうしろ向きのまますり足で下った。女中が新たに茶を運んでくると、あとは呼ばれるまで誰も部屋には近づかない。それがすっかり、龍之助と加勢の談合に対する甲州屋の作法になっている。

「いやあ、お待たせしもうした。不意に奉行所から召集がかかりましてなあ」

龍之助は座りながら言い、

「柳営からの綱紀粛正に関するお達しでしてな。松平さまの意気込みが、われら町方の末端までヒシヒシと感じましたよ」

皮肉を込めたつもりである。龍之助は座についた。加勢のお供はやはり岩太で別間に待ち、

「やあ、岩太どん」

と、左源太もその部屋に入っていた。

裏庭に面した客間では、

「ほう、それは重畳《ちょうじょう》。わが殿が老中首座に就いてより、われら家臣一同も田沼の悪

しき政道を払拭し、乱れた風紀を正す範とならねばと尽力いたしておりましてなあ」

加勢は胸を張り、

「して、常娥とかもうしましたなあ、あの街道筋の。わが屋敷から不遜にも脱藩して無宿浪人者と成り果てた者が入れ揚げていたという水茶屋、実体はいかがわしい岡場所であったとかいう」

「そのようでありましたなあ。あの一帯はそれがしの定廻りの範囲ながら、迂闊《うかつ》でござった」

「いやいや。おもて向きが茶屋で、すぐ向かいに神明宮氏子中の老舗《しにせ》の茶店があったのでは、中の実体に気がつかなんだのは仕方のないこと」

加勢はいかにも理解のあるような目で龍之助を見つめ、

「で、どうであろう。貴殿がこれからのご政道に沿ってあの一帯の風紀を正そうとされるなら、あの常娥とやらの者どもを追捕《ついぶ》し成果を上げられるのに、わが屋敷も合力を惜しまぬが。なあに、遠慮されることはない。無宿浪人者といえど、前身はわが藩の藩士でござった。それが水野さまの行列に狼藉を働こうとしたのを防いでくれたのは貴殿じゃ。その御礼と思われよ」

「それはかたじけのうござる」

恩着せがましく言うのへ龍之助は内心の嗤《わら》いを堪《こら》え、

「なれどあれ以来、常娥の者どもは行方をくらましてしまい、いまあの家屋は空き家になってござる」

「そこじゃ。行方をくらましたとて、前非《ぜんぴ》がある者どもであろう。追捕《ついぶ》し厳罰に処せば一罰百戒にもなり、それがきょうあすであれば最初の成果として、貴殿にはお奉行の曲淵甲斐守どのからお褒めの言葉もあろう。当家ではすでに四宿に人を配し、それらしき者が江戸を抜け出さぬか見張っておりもうす」

「えっ」

龍之助は軽い驚きの声を上げた。松平家はすでにそこまで手を打っていたのだ。

「いかがでござろう。貴殿さえよければ、さっそくきょうよりわが藩の足軽たちを貴殿の配下に置くよう手配しようではないか」

これが加勢のきょうの談合の目的のようだ。

「ふーむ」

龍之助は考えた。やはり、奉行所からの呼集と甲州屋での加勢との談合は一連ののであり、だから松平定信は、〝たとえ暖簾を下ろしたところといえど容赦なく追及し、その身柄を拘束すべし〟などと下知《げじ》したのであろう。加勢の龍之助への働きかけにピタリと符合する。

「お手を貸してくださるか」

龍之助は乗った。乗れば松平屋敷の動きがさらにはっきりと見え、おコンらを無事に江戸から所払いにすることができる。

「おぉ、受け入れてくれるか。さっそく手配をしよう。貴殿もすでに見知っておいでの当家の足軽組頭《くみがしら》を配下につけもうす。ほれ、そなたが常娥で無宿浪人の青木与平太を誅殺《ちゆうさつ》したとき、すぐに駈けつけた倉石俊造じゃ」

手筈もすでにできているようだ。加勢はさっそく部屋の廊下に岩太を呼び、

「倉石につなぎを」

命じた。倉石俊造に、龍之助の指定するところへ伺わせるというのだ。倉石はいまおコンらの探索に出て、神明町から増上寺門前、浜松町のあたりを徘徊《はいかい》しているはずだ。なんらかの連絡方法を定めているのだろう。岩太は、

「はい。至急に」

甲州屋を走り出た。

そのあとすぐ加勢充次郎は、満足そうに甲州屋を出て幸橋御門に向かった。

(これで松平家の名誉は保てる)

内心、思っていることであろう。

「へへ、兄イ。岩太が言ってやしたぜ」

龍之助の半歩うしろに随い、左源太は言った。陽は沈んだところで、これから急速にあたりは暗くなろうが、まだ手の御用提灯に火を入れるほどではない。

「岩太がこれから増上寺の大門の下に立てば、あのあたりを徘徊している松平家の足軽が声をかけ、その足軽が組頭の倉石俊造に、龍兄イの指定した場所を知らせることになっているらしいですぜ」

「ほう、手の込んだことを。ははは」

「嗤《わら》えやすぜ」

「だがな、左源太。倉石が来たとき、真剣な顔でな」

「へい、ふふふ。分かってまさあ」

二人の足取りはゆっくりしていた。加勢の言付けが倉石に伝わるまで、かなりの時間がかかるだろう。龍之助が指定したのは、浜松町一丁目の自身番だった。いま龍之助たちの足は、神明町に向かっている。〝敵〟の動きが分かったところで、大松の弥五郎に状況を話し、おコンらの江戸所払いの算段をしなければならないのだ。

歩きながら、龍之助は別種の安堵感も得ていた。甲州屋での談合で、加勢は龍之助に〝田沼の悪しき政道を〟と、きわめて自然に言っていた。ということは、松平家が〝田沼意次の隠し子〟の手がかりさえつかんでいないことを示していようか。松平家の次席家老の犬垣伝左衛門も足軽大番頭の加勢充次郎も、龍之助の前身に微塵《みじん》の疑念も抱《いだ》いていないばかりか、

——使える町方

あるいは、

——話の分かる町奉行所の同心

と看《み》ている。しかもその念は、松平定信にまで達しているのだ。

「へへへ。おめでたいお人らでやすねえ」

「だからといって、左源太。油断は禁物だぞ」

「へい、まったくで」

話しているうちに二人の足は神明町に入った。石段下の割烹紅亭では、神明宮に最も近い一等地に暖簾を張っている格式から、陽が落ちてから酔客は入れない。だがいつも日没からしばらくはどの部屋にも客が入っており、呼ばれた町駕籠が玄関前で客待ちをしている。

奥の部屋には、お甲も来ていた。龍之助が呼んだのだ。これからの江戸所払いの算

段に、お甲は欠かせない。街道おもての茶店紅亭ではすでに雨戸は閉め、中にはおコンら常娥の三人がなお逼塞している。念のため大松の弥五郎は、泊まり込みの老爺のほかに若い者を二人、

「灯《つ》りは点けるな」

念を押し、見張りに入れた。

割烹紅亭の奥の部屋には、大松の弥五郎に伊三次、龍之助に左源太とお甲の五人が車座を組んでいる。

「とまあ、奉行所の用件はそんな具合だった」

「そこまで松平定信という殿さん、蛇のように執念深い……」

龍之助が昼間の奉行所の話をしたのへ、お甲がさも嫌そうな表情になれば、

「その老中め、首座だかなんだか知らねえが、そこまでてめえの都合で公儀をいいようにもてあそぶたあ、とても諸人《もろびと》の範にはならねえやつだ。鬼頭の旦那、常娥のあの三人、目障りなやつらに違《ちげ》えありやせんが、そいつらの所払い、いやさ江戸抜けでござんす。どうしても成功させてやりてえ。俺たちゃあ町家の守り人になりやしょうかい。すべて旦那の下知に従いやすぜ」

大松の弥五郎が言ったのへ、伊三次も頷きを入れていた。

「増上寺の大門下で、中間と足軽がつなぎを取ったようで、二人とも町なかへ入《へえ》って行きやした」

大松一家の若い者が物見《ものみ》から帰ってきて告げた。

「それじゃ俺はそろそろ」

「旦那、神明町の自身番をつなぎの場にしなかったの、ありがたく思いやすぜ」

大松の弥五郎は、腰を上げた龍之助に言った。同心が自身番を詰所にすれば、その飲み食いや世話役の動員などすべてその町の持ち出しになることからだけではない。足軽といえど武家である。武士たちに町家である自分たちの庭へずかずかと入って来られ、しかもその接待までしなくてはならないとは、弥五郎の町奴《まちやっこ》としての心意気が許さないのだ。龍之助は、そのあたりの弥五郎の心境を十分に心得ている。

外はもう提灯を必要とするほどの暗さになっていた。神明町の通りには、そこが門前町であれば軒端に灯りは多く、昼間の参詣客に代わって酔客が行き交い、路地からは嬌声も聞こえる。そこに御用提灯など似合わない。火を入れたのは、街道に出てからである。暖簾を下げようとしていた蕎麦屋から火をもらった。

街道はすでに人影が絶え、大きな闇の空洞となっている。

浜松町一丁目は近い。神明町の隣である。自身番は街道から枝道へ入ったところにある。腰高障子に墨書されている〝浜松町一丁目〟と〝自身番〟の文字が、中からの明かりに浮かび上がっている。

すでに岩太が来ていた。詰めていたのは町役一人に、代役を頼まれた商家の手代二人に町から雇われている書役《かきやく》が一人だった。この時刻からなら不寝番となる。岩太から話を聞いたか、いずれも困惑顔だった。しかもこれから詰めるのが老中首座の松平家の手の者とあっては、文句はむろん嫌な顔もできない。

「悪いなあ。そのうち埋め合わせはさせてもらうぜ。ちと理由《わけ》ありのことでなあ」

龍之助の言葉に、町役たちはいくらか救われた表情に戻った。

足軽たちのつなぎが取れたのか、倉石俊造が不機嫌そうに浜松町一丁目の自身番に足軽二人をともなって来たのは、龍之助が入ってからすぐだった。半日歩きとおしておコンら三人の影もかたちも見出せなかったのだから、疲れて不機嫌になるのも仕方なかろうか。

「また世話になりもうす」

挨拶を入れたのは龍之助のほうだった。倉石俊造は足軽でも組頭となれば袴に羽織を着けている。常娥で青木与平太の始末をつけたときもそうだったが、

（やはりこやつ、一時でも町方の麾下《きか》に入るのを潔《きよし》とせぬか）

龍之助はあらためて倉石に感じた。倉石は近くの旅籠に足軽たちの部屋をとったことは告げたが、

「当方の差配であれば」

と、幾人出張ってきているかは故意に言わなかった。

また一人、足軽が自身番の腰高障子を、松平家の辻番所にでも入るようなようすで開けた。用意していたのか、無地のぶら提灯を提げていた。相応の準備をし、かなりの人数が出張っているようだ。常娥の三人を始末すれば、あとは青木与平太のときのように、無宿者として町方の同心に処理をさせ、松平家の者は一切関わっていない……かたちをつくる算段であろう。

「それでは鬼頭さま。よろしゅうお願いいたしまする」

町役たちは龍之助に声をかけ、畳の間を明け渡して奥の板敷きの部屋に移った。町役が〝よろしゅう〟と言ったのは、飲食や案内人の手配など、できるだけ金のかからぬようにとの意味なのだ。龍之助は肯是《こうぜ》の頷きを返した。岩太は、畳の間には龍之助と倉石ら足軽たちだけとなった。

「それでは、わたくしめはこれで」

言われた用事は倉石へのつなぎまでだったのか、鄭重に辞儀をして自身番を出た。

果たして倉石は焦っていた。岩太にご苦労との声もかけず、いきなり龍之助に、

「町方として、いかに判断されますかな。常娥の者どもはまだこの近くの町にいましょうかな」

「そうですなあ。それがしが逃げる立場なら、最初から一歩でも遠くへ。そうした行動をとるでしょうなあ」

訊いてきたのへ龍之助は応えた。

「なれど、それの裏をかくという手もありましょう。暗くなってから逃走するとか」

「むろん」

龍之助は短く返し、

(こやつ、なかなか油断のならぬやつ)

思うと同時に、

(頼むぞ)

胸中に念じた。神明町から、おコンらの所払いならぬ江戸抜けは、すでに動き出しているのだ。

五　街道の惨劇

一

神無月《かんなづき》（十月）もなかばとなれば真冬である。

だが、暗いなかに暖はなくても寒さは感じない。これからの江戸抜けに命がかかっているとなれば、寒さなど感じていられないのだ。

「お甲《こう》さん。ほんとうに大丈夫なんだろうねえ」

灯りのない部屋に、常娥《じょうが》のあるじ唐八《とうはち》が低い声を這《は》わせた。あるじといっても、店の暖簾《のれん》は大松の弥五郎《やごろう》が預かっているのだから、常娥という水茶屋はすでに存在しない。店の家屋にもいまは大松の若い衆が留守番に入っており、おもての雨戸も昼間から閉じたままだ。

夕刻より雨戸を閉めた茶店紅亭《べにてい》にも、お甲のほかに大松の若い衆が二人来ている。そこに行灯《あんどん》の火も入れず声も落としているのだから、まるで通夜のようだ。

「だったらあんたがた、自分たちだけで逃げなさいな」

「い、いえ。そんな」

お甲の言葉へ、詫《わ》びるような口調で返したのはモエだった。お甲は冷たく言ったのではない。一度定めた策の遂行に〝大丈夫だろうか〟などと躊躇し怯《おび》えたりすれば、成るものも成らなくなる。

「お甲さん」

今度はおコンの声だ。消え入るような、小さな響きだった。部屋に灯りが入っておれば、唐八とモエの夫婦が、おコンに嫌悪の目を向けているのが見えただろう。おコンはその視線を感じている。

「——あんたがた、江戸を出るならどこへ？　在所に帰りなさる？」

昼間、お甲は訊《き》いた。唐八とモエは甲州街道の鶴川宿《つるかわしゅく》に近い村の出だった。そういえば、なまりが左源太《さげんた》やお甲といくらか似ていた。鶴川宿は左源太やお甲の在所である小仏峠《こぼとけとうげ》からさらに西へ進み、相模国《さがみのくに》から甲斐国《かいのくに》に入ったあたりに位置する。江戸からなら急ぎ足で二日の旅程だ。唐八もモエも飢饉で村を捨て江戸へ出てきて五年目だという。来るとき、小仏峠も越えたであろうが、左源太もお甲もさほど親近感は覚えなかった。飢饉で在所を捨て江戸へ出てきた者は少なくないのだ。

「——村に帰っても生きる道はありませんが、ともかく鶴川の近くへ……。そこで身の振り方を考えます」

唐八とモエは言った。

だがおコンは、

「——あたしはあたしで生きていきますよう」

言ったものだった。武州《ぶしゅう》川越《かわごえ》の出だという。中山道《なかせんどう》の板橋宿から延びている川越街道で一日の旅程だ。おなじく飢饉で村を捨てたらしい。江戸には二年だという。常娥の店がなくなったのなら、

「——唐八旦那たちと一緒にいる理由はありませんから」

おコンは言った。

それをお甲から聞いた大松の弥五郎は、

「——まったく、どっちもどっちで、気に喰わねえやつらだぜ」

吐き捨てるように言ったあと、

「——そいつらでも、てめえの都合で虫けらみてえに殺そうとしてんのが老中首座を

張ってやがる松平ときちゃあ、助けてやるのも仕方ねえやな」

つづけ、龍之助《たつのすけ》が薄暗くなりかけたなかに浜松町一丁目の自身番へ行くのを見送ってから、

「——それじゃ俺も」

と、若い衆二人を連れて出かけ、まだ神明町に戻っていない。

唐八・モエ夫婦とおコンのあいだに決定的なすき間風が吹きはじめたのは、龍之助が割烹《かっぽう》紅亭にお甲を呼んで〝策〟を披露《ひろう》し、それを茶店紅亭に戻ったお甲が唐八らに告げてからだった。

「——えっ。そんなら俺たちゃおコンを逃がすために、まるで囮《おとり》みてえじゃねえですかい」

「——みたいじゃなくて、オトリそのものですよ」

唐八とモエは口をそろえた。反抗的な口調だった。

「——だからさあ、あんたがた二人には、鬼頭の旦那も左源太さんも、それに大松の伊三次《いさんじ》さんたちも、ちゃんと護りにつくって言ってるじゃありませんか」

お甲は、唐八とモエをなだめるように言ったものだった。いずれもあたりを忍ぶ押し殺した声だったから、大きな口論にはならなかった。それに唐八たちには、助けて

もらったうえ、そのあともずっと世話になりっぱなしとの負い目がある。不満をくり返し口にすることはできなかった。部屋の中はすでに薄暗く、人の輪郭しか見えないほどとなっている。おコンが黙したまま、凝《じ》っと唐八とモエを見つめていたのがお甲には気になったが、

(策の進展を心配しているのだろう)

と、深くは考えなかった。だが灯りがあり、その表情が見えたなら、

(この女、いったい……)

おコンのほうに注意を払っていたことであろう。このときおコンの表情は、不気味なほど険しいものになっていたのだ。

それらを秘めたまま内も外もますます暗くなったころ、茶店紅亭の雨戸をそっと叩く音がした。伊三次だ。

「お甲さん、用意はいいかい。そろそろ行きやすぜ」

低い声を、雨戸の中に入れた。宵の五ツ（およそ午後八時）ごろで、町々の木戸が閉まるまでまだ一刻（およそ二時間）はある時分だった。

すき間風が吹いていたのは、茶店紅亭の中だけではなかった。浜松町一丁目の自身

番の中もそうだった。龍之助と松平家足軽組頭《くみがしら》の倉石俊造《くらいししゅんぞう》である。年行《としゆ》きなら龍之助より七、八歳ほど喰っていようか、四十がらみに見える。龍之助が、

（こやつ、油断のならぬ……）

思ったように、目が細くなかなか締まった顔つきをしている。

「常娥のあの三人、見つけしだいそれがしが采配を振るうが、いかようになろうとも後始末は町方の貴殿に願いたい。わが屋敷より相応の物は行っているはずゆえ」

「ふむ」

〝相応の物〟とは、菓子折の底に忍ばせた役中《やくちゅう》頼《だの》みのことを指しているのだろう。龍之助は頷いた。それに〝いかようになろうとも〟とは、

——三人とも有無《うむ》を言わさず斬る
言っていることになる。しかもその〝後始末〟を、

——風紀を乱すいかがわしき者ども
として処理せよと言っているのだ。龍之助は頷きを見せたものの、

（そうはさせるか）

倉石俊造の顔を見た。その視線に倉石は頷きを返した。龍之助の視線を、

（承知）

と、受け取ったようだ。

「わが上役の大番頭《おおばんがしら》も言っておいでだったが、貴殿には世話をかけもうすのう。常娥の玄関口で、あの無宿浪人者を仕留めた腕前、感服つかまつる」

倉石の口調と表情はいくらかやわらかくなった。

龍之助にとってはこのあと、至難の業が待っている。味方していると見せかけ、常娥の〝いかがわしき者ども〟を逃がさなければならないのだ。

そのときが来た。およそ宵の五ツ時分となったのだ。増上寺で打つ鐘は、神明町はむろん浜松町一円にも聞こえる。

「ほう。あれは五ツの鐘ですな」

「ふむ。近くに潜んでいるなら、動き出すのはこの時分でありましょうかな」

龍之助が言ったのへ、倉石俊造は得意そうに自己の推測を舌頭に乗せた。自身番に詰めていた足軽たちも、

「強化せよ」

「承知」

倉石の差配で外に出た。見まわりの〝強化〟だ。すでに幾人かの足軽が夜の町を徘徊し、あるいは地点を定めて見張っている。倉石俊造は、増上寺門前町の裏手あたり

に常娥の三人は潜み、動きだすと踏んだ今宵に賭けているようだ。暗くなり、色街を除きいずれの街道も脇道も町家の往還も、ほとんど人の気配が絶え、町々の木戸が閉まるまでまだ間のある時分が、すなわち〝五ツ〟なのだ。根拠はある。昼間から宵にかけ、四宿やそれに準じる江戸の〝出入り口〟になる脇街道にも出張った足軽たちから、それらしき者を見かけたとの報告がないのだ。自身番には龍之助と倉石俊造、それに抜き打ち得意の足軽一人となった。〝それらしき者〟が網にかかると、使番が浜松町一丁目に走り込み、倉石らが飛び出して面体を確かめ、斬り捨てる……。

(ふふふ)

龍之助は内心に笑みを浮かべた。だが、

(これから……)

笑みはすぐに消え、緊張感に全身を包まれた。

「提灯が一つ、酔客《すいきゃく》みてえだ。心配はいらねえ」

茶店の紅亭である。この時刻、神明町や増上寺門前の花街からの帰り客が、提灯を片手に街道をフラフラと歩いているのは珍しくはない。伊三次の押し殺した声に、半開きの雨戸から影が三つ出た。常娥の唐八とモエ、それにお甲だ。見送るようにおコンの顔が雨戸のすき間からのぞいた。

伊三次はすでに街道に歩み出している。手には〝割烹紅亭〟の文字が浮かんだ提灯をかざしている。神明町からの帰りのように見える。飲食の店が軒をつらねる色街では、町々の木戸が閉まる夜四ツ（およそ午後十時）近くまでけっこうにぎわっているのだ。

「さあ、行きましょう」

お甲が唐八とモエをうながし、三人は伊三次に十歩ほど遅れて歩を進めた。提灯を持っていない。さらにおなじく〝割烹紅亭〟の提灯を手にした大松の若い衆が一人、茶店紅亭から出てきて三人の十歩ばかりうしろにつづいた。茶店紅亭の中には、おコンと大松の若い衆一人と店番の老爺《おやじ》だけとなった。

外に出た一行は、淡い月明かりの街道に歩みだした。前後の提灯に挟まれた三つの影を松平家の足軽が見たなら、

（おっ、やはり！）

思うはずである。顔は見えない。だが影から男一人に女が二人。しかも女の一人は足取りからも若い。

（あれが、組頭の言っていたおコン……）

夜の東海道を南に向かっている。その先にあるのは品川宿だ。松平家の足軽たちは

品川宿に集中することになるだろう。そのあいだにおコンは茶店紅亭を出て四ツ谷方面に向かい、いずれかで朝を待って川越街道に入る。随所の見張りはすでに品川宿へ移動している。おコンの身に危険はない。一方、お甲の加わった三人は東海道を品川宿へ向かっていると見せかけ、途中で脇道にそれ、やはり町々の木戸が閉まるころにはいずれかに潜み、朝を待って江戸市中を甲州街道の内藤新宿に向かう。内藤新宿には、もう見張りはいない。旅の夫婦となって堂々と甲州街道を抜けることができる。そのためにも、夜の東海道を進む三人の姿を、松平家の足軽たちに見せねばならない。危険をともなう。

——オトリ!?

唐八とモエの夫婦がいきり立ったのも無理はない。だがその策は、お甲がおコンたち三人から聞き取った身の上から、龍之助が立てたものであり、若いおコンにことさら目をかけたわけではない。〝あたしはあたしで……〟などと言ったおコンには、

「——自儘《じまま》に行動させよう」

龍之助は言い、警護は唐八とモエに集中し、その策も一の場合、二の場合と、細かく定めたのである。

「——その第一の関門は、金杉橋《かなすぎばし》になるぞ」

龍之助はお甲に糙《しか》と言っていた。三人は〝近くに潜んでいる〟と見ている倉石俊造が、金杉橋に配下の足軽を配置していないはずはない。だから策として、故意にその目に〝常娥の三人〟を触れさせるのだ。

二

お甲と唐八、モエの三人の足は、暗い東海道を南に踏んでいる。唐八とモエは、旅支度の出で立ちではないが、草鞋《わらじ》の紐《ひも》をきつく結び、身のまわりの品を包んだ風呂敷を腰にくくりつけている。

「まったくおコンは、自分一人で稼いだように思ってやがる」

「そうですよ、おまえさん。あの小娘がっ」

歩を進めながら唐八とモエが低声を吐いた。

「静かになさいよ」

お甲は前方の提灯の灯りを見つめたまま声をながし、

(まるで憎しみ合っているような……)

双方の亀裂が思ったより激しいことを、いまさらながらに感じ取り、

「おコンさん、常娥で一番の稼ぎ頭《がしら》だったんじゃないんですか?」

夫婦で口汚くののしるのへ、お甲はつい口を入れた。十歩ほど前を、提灯を提げた伊三次が歩いており、それを目印にすれば三人は手に灯りがなくとも歩を進めることはできた。

「それを誰のおかげで喰えるようになったのか、まったく分かっちゃいねえ」

「あげくの果ては、店をつぶしてしまって。そのうえ分け前をよこせだなどと」

この夫婦、おコンへの非難を話し出したらとまらないようだ。

(だから、どっちもどっちなんですよう)

お甲は言いたかった。賭場《とば》の仕切りと似ている。お客が丁半を張っているとき、一人が大勝ちしたり大負けしたりしないよう、沙汰人《さたにん》も壺振りもそこに気を配らなければならない。それを神明町の賭場でうまく采配しているのが、伊三次とお甲だ。だからここ数年、神明町で博打《ばくち》が原因で刃傷沙汰が起きたこともなければ、お客が身上《しんしょう》をつぶすような悲劇が起きたこともない。その匙《さじ》加減を常娥は怠《おこた》った。大名家の武士二人を手玉に取れば、実入りは果てしなく増えると踏んだのだろう。

まだなにか言いたそうな二人に、

「ほら、前を」

お甲は用心深く歩を踏むなかに、前方へ目を凝らした。伊三次の持つ提灯の灯りのなかに、人影が一つ、前方の闇から滲《にじ》み出てきたのだ。

「あっ」

唐八とモエはそろって怯えた低い声を出したが、龍之助の立てた策のとおりで、お甲には影が誰か分かっていた。

しかし、策どおりに進んでいないものもあった。おコンだ。

「ふん」

おコンは三人のうしろにつく若い衆の提灯が、茶店紅亭の前を離れたのを確かめると雨戸を開けたままふり返り、すでに用意していた風呂敷包みを小脇に抱え、

「それじゃ、あたしも」

「えっ」

屋内に灯りは点けていないから真っ暗だ。声だけが聞こえる。

「ある程度、時がたってからって聞いておりやすぜ。あんたがここを出ていいのは」

部屋の闇の中から、一人残った大松の若い衆の声が聞こえる。もう一人の気配は、留守番の老爺だ。

「うふふ。あたしゃ一刻も早くここを出たいのさ。唐八さんらと逆の方向に行けば安

心さね」

「そうかい。勝手にしなせえ」

部屋に聞こえたのは留守番の老爺の声だ。若い衆も老爺も、おコンたちにはもともといい感情は持っていない。おコンはそれをうまく利用しているようだ。

「そうさせてもらいますよ。皆さんにはお世話になりました。とくにあの八丁堀のお役人、男っぷりがいいですねえ。どうせなら、あんな殿方と懇《ねんご》ろになりたかったですよう」

言いながらおコンは外に出ると、

「それじゃあ大松の皆さんによろしゅう」

半開きの雨戸を外から閉めた。草鞋《わらじ》の足音が遠ざかるのが、かすかに聞こえた。

「勝手にと言ってしまったが、いいのかい。こんなに早く出してしまって」

「あゝ。ちょいと早すぎる気もするが、代貸の伊三次兄イがお甲姐さんらと出たあとは、勝手にさせろって言われてまさあ」

老爺が言ったのへ大松の若い衆は応え、暗闇の部屋には疫病神が去ったような空気がながれた。

そのおコンだが、小半刻《こはんとき》（およそ三十分）もしないうちに、まだ酔客の行き交う提灯の路地のあいだを、南方向へと急いでいた。神明町を出て、増上寺の門前町に入ったのだ。明かりのある暖簾の中から妓《おんな》の嬌声などもこぼれ聞こえてくる。その雰囲気におコンは合っている。風呂敷包みを小脇にかかえ、ちょいと近くへ遣《つか》いに出たような出で立ちだが、下駄ではなく草鞋の紐をきつく結び、急ぎ足になっているのは奇妙だ。だが、それを気にする酔客などいない。その賑わいが徐々にさびれ、さらに南へ向かうと新堀川《にいぼりがわ》に行きあたる。東海道に架かる金杉橋の上流二丁（およそ二百米《メートル》）ほどのところに将監橋《しょうげんばし》が架かっている。おコンはそこに向かっている。〝唐八さんらと逆の方向〟ではなく、唐八らが歩をとっている東海道と並行し、おなじ方向に向かっているのだ。

そうした花街にまでくまなく松平家の足軽が出張っているわけではないが、

「ん？　あれはおコンでは」

気づいた者がいる。大松の若い衆だ。神明宮石段下の割烹紅亭から、夕刻近くに龍之助が弓張の御用提灯を持って浜松町一丁目の自身番に向かったあと、弥五郎が若い衆二人をともなって出かけたのは、増上寺門前町の貸元たちを訪ねるためだった。それも龍之助の立てた策の一環である。

「――場合によっては、大松《うち》の若い者が増上寺の縄張《しま》で、武家を相手にちょいと追いかけっこをさせてもらうかもしれねえ。そのときは、迷惑はかけねえ。目をつぶってくれねえか」

と、挨拶を入れに行ったのだ。もし東海道の金杉橋で騒ぎになれば、お甲は唐八とモエを増上寺門前の入り組んだ地形に誘導し、松平家の足軽たちの目をくらます算段だ。もちろんそれは最悪の場合だが、あとで揉めないように一応の挨拶に弥五郎は出向いたのだ。

「――ほう、老中首座を張ってる松平の足軽相手に、大立ち回りを演じなさるかい。おもしれえ」

と、相手が松平となればどの貸元も好意的だった。〝謹厳実直〟といわれる松平定信の政道が、庶民の息抜きの街にどうのしかかってくるか、いずれの貸元たちも反感とともに警戒しているのだ。

それらの挨拶が終わり、帰ろうと増上寺門前の枝道を歩いているところに、軒端《のきば》の提灯の灯りにチラと浮かんだおコンの顔を、若い衆の一人が見たのだ。

「へい」

弥五郎に言われ、その者は路地を抜け、確かめた。

「間違いありやせん。将監橋のほうへ向かってるようで」

「将監橋へ？　この時刻に、みょうだ。おい、あとを尾《つ》けるぞ」

「へい」

弥五郎と若い衆二人はおコンを追った。

将監橋に近づいた。さすがにここまで来れば、門前町でも場末で灯りは少なく、おコンはふところに用意していた提灯を出し、この先にはもう物売りはいないだろうと思われる角の屋台の煮売り屋で火を入れた。尾けやすくなった。灯りを追えばいいのだ。すぐ先は将監橋だ。

「渡る気か」

弥五郎は低く驚きの声を洩らした。当然、松平家の足軽が出ていると見なければならない。だが、これにはおコンのほうが読みは深かった。〝敵〟が見張っているのは、男一人に女二人の組み合わせだ。しかも顔を知っているのは、組頭の倉石俊造一人である。たとえそやつが出張っていたとしても、

（提灯を持った女一人が悠然と通れば、気がつくことなどないさ）

実際、足軽二人が将監橋のたもとの草叢《くさむら》に潜んでいた。

見た。持っている提灯の灯りで、若い女であることは分かる。悠然としている。

「一人のようだな」

「そのようだ」

見過ごした。足軽たちはそのすぐあと、灯りを持たない三つの影が通り過ぎたのも確認したが、男ばかりの三人を、さっきの提灯の女と関連づけることはなかった。将監橋では、さきほどからチラホラと酔客が渡っているのだ。

渡ると、土地の雰囲気は一変し武家地になっている。昼間でも静かで夜目にも白壁のつづいているのが分かる。その長い壁の一角が、沼津藩水野家三万石の上屋敷だ。往還は土手に沿って左右にながれているが、橋からそのまままっすぐに白壁に挟まれた往還も一筋延びている。その角に水野家の出している辻番所がある。武家の辻番所は町家の自身番と違い、冬でも一晩中腰高障子を開け放しており、屋敷から出張った足軽たちがおもての通りに目を光らせている。その前をおコンはぶら提灯をかざし、軽く会釈をして通り過ぎ、白壁に挟まれた往還に入った。木戸の閉まったあとなら怪しまれ誰何《すいか》されるだろうが、閉まるまでには間がある。しかも女一人で風呂敷包みを小脇にかかえ、色街の妓がちょいと近くへ遣いに出てきた風情だ。

橋の上からそれが見える。

(大《てえ》した女だ。おめえのおかげでそこの屋敷の侍が一人、腹を切ってるんだぜ)

さすがに大松の弥五郎も若い衆も、おコンの悠然としたようすには舌を巻いた。

（それにしても……）

歩を進めるおコンの意図が解《げ》せない。そのまま弥五郎らも橋を渡った。さきほどの女を追うように、暗闇の橋から出てきた遊び人風の男たちの影には、辻番小屋の番人たちは訝《いぶか》しげな目を向けた。灯りを持たず、一人が小柄な坊主頭で若い者《の》が二人とも脇差を腰に差しており、しかも土手の往還に曲がるのではなく、そのまま白壁の武家地に入ろうとするものだから、

「おい、待て」

呼びとめた。

「へい」

辻番小屋から六尺棒を小脇に出てきた四人ほどの辻番人を、弥五郎らは足をとめ迎えた。辻番人たちは、いずれも六尺棒のほかに大刀も腰に帯びている。

「こんな夜更けにどこへ行く」

「へい。ちょいと門前で遊び、帰《けえ》るところでございます。決して怪しい者ではございません」

「だったらなぜ灯りを持っておらぬ」

「はい。つい火をもらいそこねまして。すみませんでございます。ここで火を」

若い衆が一人、ふところから提灯を出した。

誰何はそれで終わった。将監橋から延びる武家地の往還は二丁（およそ二百米）ほどで町家に出るのだ。その町家をさらに二丁ほども進めば、並行して南へ進んでいた東海道が向きを西に変えており、そこに出る。だから町衆が武家地を抜けて町家に帰ると言えば、辻褄《つじつま》は合う。

ゆっくりとした動作で提灯に火をもらい、

「へい、ありがとうございやした」

三人は辻番人たちに腰を折り、その場を離れた。

おコンが悠然とした歩調をとっていたのは、橋と辻番小屋の前だけで、あとは急ぐような速足になっていた。

その白壁の往還はほぼまっすぐだが、おコンの提灯が見えなくなるほど距離が開いてしまっていた。

「いかん。急げ」

「へい」

弥五郎たちも辻番小屋の前を離れると、急ぎ足になった。

「おっ。あそこだ」

灯りがチラと見えた。おコンの足が町家に入ったところだった。道幅が不意に狭くなり、すでに民家は寝静まって人通りもなく、提灯なしでは歩けない。

おコンはさらに進んだ。

「親分。この先は街道に出ますぜ」

若い衆の一人が言ったとき、

「ふむ」

弥五郎は頷いた。

(おコンもしょせんは小娘)

合点《がてん》したのだ。強がりを言ってもやはり一人で逃げるのは恐い。だから街道へ出る道を急ぎ、

(唐八とモエが来るのを待って一緒に……)

解釈したのだ。

弥五郎らの足も町家に入った。

「火を消せ」

命じた。

若い衆は吹き消した。真っ暗だ。足で地面を探るように進んだ。解釈があたってい

ると、おコンは街道に出たところでとまり、

（唐八らの来るのを待つはず）

そこは芝《しば》二丁目であり、

「――芝のあたりで……」

龍之助の立てた策の場でもあるのだ。

おコンは弥五郎の推測したとおりの動きを見せた。提灯の灯りは街道に出たところでとまった。だが、

「ん？」

おコンは火を消し、角に身を潜めたのが、離れているが気配で感じられた。

「分からんなあ。いいか、ともかく音を立てぬよう、できるだけ近づけ」

「へい」

といっても、灯りなしで音も立てず近づくには限度がある。弥五郎ら三人は、おコンの背後、二、三間（およそ五米）ほどのところに立ちどまり、息を殺した。街道への角に身を潜めたおコンは、そのまま動く気配がない。神経を暗い空洞のようになった街道に集中し、背後の気配にはまったく気づかない。そのようすは、待っているというよりも待ち伏せているように、弥五郎たちには感じられた。

三

背後の、提灯を持たないお甲ら三人を気遣ってか、それとも見張る目があればそれに怪しまれぬためか、故意にゆっくりとした歩を踏んでいる。その伊三次の持つ提灯の灯りに前方の闇から滲み出てきた影が、

「いましたぜ、金杉橋に二人、将監橋にも二人。あとは芝のほうもいないようで」

「よし。あの旦那の策のとおりだ」

「そのようで」

左源太の声だ。二人はすれ違った。背後で警戒というよりも脅え、思わずふところに手を入れ匕首《あいくち》の柄をつかんだ唐八は、滲み出た影が伊三次と言葉をかわしているのを見て、

「ホッ」

「おまえさん」

安堵の息を洩らし、モエも肩に入れた力を抜いた。

左源太は三人に近づいた。

「橋だ、二人ほど」

すれ違いざまお甲に声をかけ、後尾の提灯を持った若い衆とならんだ。場所は浜松町一丁目のあたりだ。すぐ近くの脇道に入れば、自身番の灯りが見える。その脇道に入る向かい側の物陰に、左源太と若い衆は潜み、提灯の火を消した。左源太は、お甲が茶店紅亭でおコンらの監視役につき、龍之助が浜松町一丁目の自身番で倉石俊造と向かい合っているころ、将監橋をはじめ東海道の金杉橋から芝、田町、さらに品川宿の手前になる高輪《たかなわ》の一帯に見まわりをかけ、松平家の足軽の分布状況を探っていたのだ。この一帯は、龍之助が左源太を配下に与太を張っていたころの縄張である。脇道から路地まで、地形には土地の者よりも詳しい。

「——予測どおりなら、なにも知らせなくてよい。状況が厳しいようなら浜松町一丁目の自身番まで知らせに来い」

龍之助は左源太に命じていた。目下のところ、お甲らの一行は予測どおりに進んでいる。

先頭の伊三次の足が金杉橋に入った。

（ふふ、いやがるな）

提灯を背後に振った。潜んでいるのは手前のたもとの陰だ。

ゆっくりと歩を進めた。橋板に雪駄《せった》の音がことさら大きく感じる。渡りきった。足はさらにゆっくりとなり、ふり返った。お甲ら三人の足が橋板を踏んだ。いずれも草鞋だから音はしない。その影からも、足取りは悠長だが気を張りつめているのが看て取れる。襲いかかってくるかもしれない。だが対手《あいて》が二人なら、お甲が手裏剣を投げて一人を防ぎ、もう一人は最初の一撃さえ防げば伊三次が駈け戻り対処することはできる。そうなった場合は、前に進むより唐八とモエを増上寺門前の入り組んだ街に逃さなければならない。伊三次は身を脇に寄せ、橋の状況を見守った。

無事、渡りきった。

「ふーっ」

吐息をつき、陰から出てきた伊三次はふたたび歩を進めた。安堵の息は、お甲たちもおなじだった。提灯を持った伊三次に、十歩ほど遅れてお甲ら三人がつづく、これまでの歩調に戻った。ただ、後尾についていた提灯を持った若い衆がいない。いま左源太と一緒に、浜松町一丁目の自身番に入る脇道の陰に、火を消し身を潜めている。

お甲ら三人の影が橋を渡りきったあと、その北たもとに動きがあった。足軽二人が、男一人に女二人の組み合わせが橋を南へ渡ったのを確認した。一人がお甲ら三人のあとに尾《つ》き、もう一人が街道を北方向へ向かった。足軽は見えない足元に用心深く歩を進めた。金杉橋から浜松町一丁目まで四丁（およそ四百米）ほどだ。深夜に灯りを持たなかったなら、かなりの距離に感じる。やがてその影は、左源太らの潜むすぐ近くに目撃された。

「おっ、来やがったぜ。あの影、足軽に間違《まちげ》えねえ」

「ほっ。曲がりやがったい」

浜松町一丁目の自身番がある脇道だ。影は自身番の灯りを見ると駈け足になり、

「通りました、男一人に女二人！」

腰高障子に音を立て飛び込んだ。

「ふむ」

龍之助と倉石俊造は顔を見合わせ、控えていた抜き打ち得意の足軽も、

「おう」

立ち上がった。

（よし）

龍之助は〝策〟の成功を確信した。左源太は物見《ものみ》の結果を知らせに来なかった。つまり予測どおり、

——見張りは金杉橋のみにて、芝、田町から高輪までの街道筋に足軽はいない

伊三次もお甲もその〝策〟のとおり、

——動いておりやす
左源太は知らせたことになる。

距離から見て、足軽が金杉橋から浜松町一丁目に提灯を持たずに用心深く戻り、その自身番から龍之助の御用提灯を先頭に倉石たちが追いかけたなら、たとえお甲らがゆっくりと歩をとっていても、芝の界隈は過ぎ、

（田町のあたり）

龍之助は算出した。そこでお甲に命じたのが、手前の芝二丁目で街道が大きく西方向に曲がったあたりで、将監橋から武家地を経て町家に入った往還が、

「——街道にぶつかり、口を開けている。その枝道に入り、あとは木戸の閉まるまでにできるだけ街道から離れろ」

そのあといずれかで夜を過ごし、夜が明ければ倉石は三人を見失ったことに焦り、出張っているすべての足軽を品川宿へ集中させるだろう。日の出のころには、中山道の内藤新宿にも川越街道の板橋宿にも、松平家の足軽はいない。

あした夜明けのころ、

『すでに品川宿を抜けているかもしれませぬなあ。追いなさるか』

不用になった提灯の火を消し、倉石俊造に言う言葉も龍之助は用意している。

火の入った御用提灯を手に、自身番を飛び出そうとする龍之助に、

「あゝ。また戻りなさるか」

「戻らん。世話になったのう」

「ご苦労さんにございまする」

浜松町一丁目の町役たちはホッとしたように応えた。一時の詰所になっただけで、町の費消はお茶くらいで済んだのだ。

「早うせい！」

龕燈《がんどう》に火を入れ、草鞋の紐を結ぼうとしている足軽を、三和土《たたき》に立った倉石俊造は叱咤《しった》した。

夜である。龍之助は羽織を着けたまま着物を尻端折にし、倉石は袴《はかま》の股立《ももだち》をとっている。それに龕燈を手にした抜き打ち得意の足軽が一名、金杉橋から知らせに来た足軽は他所に出張っている仲間の呼び寄せか、ともに浜松町の自身番を飛び出した。

「うひょー。出てきたぜ、出てきたぜ」

「どこからでも好きなだけ呼んできやがれ」

左源太と大松の若い衆は物陰から、提灯を手に自身番のある脇道から走り出てきた足軽たちに低く歓声を上げ、御用提灯と龕燈が目の前を走り抜け、金杉橋のほうへ向かったのを目にすると、

「よし、行こうぜ」

「おう」

二人は物陰から街道に飛び出した。手許に灯りがなくともすぐ前方に御用提灯と龕燈が揺らいでいる。それを目印にすれば走れる。龕燈は待望の獲物を見つけ、前面にのみ注意を向け走っている。うしろの暗闇に伴走する者がいても、呼びとめない限り気はつくまい。脇道から出てくるときには先頭をきっていた龍之助は、気を利かせたか街道では殿《しんがり》を走り、ときおり御用提灯で地面を照らす仕草をする。

「——俺と倉石たちがお甲らに追いつくことなく芝二丁目を過ぎたなら、事は成ったり。おまえたちは気づかれぬよう引き揚げろ」

龍之助は左源太に命じている。左源太と若い衆の役目は、芝二丁目までに松平家の足軽たちに追いつかれたとき、お甲や伊三次とともに常娥の唐八とモエを暗い町家の路地に誘導し、あちこちと走り足軽たちに目くらましをかけ、三人を無事に逃がすと

ころにある。入り組んだ町家が舞台なら、勝算はある。

「――そのときは、俺が御用提灯を先頭に立て、足軽どもをあっちだこっちだと右往左往させてやるさ」

龍之助は言っていた。

前方の一隊の足音が不意に大きくなった。金杉橋の橋板に入ったのだ。橋の欄干が龕燈の灯りに浮かぶ。そこから将監橋を経た往還が街道にぶつかっている芝二丁目の界隈まで六丁（およそ六百米）、龕燈とともに走る息のなかに龍之助は、

（お甲、頼むぞ！）

念じた。

芝二丁目の界隈だ。将監橋からの往還が、暗い空洞のようになった街道に、小さな口を開けている。その口の前を、

（うまくいったようだ）

ぶら提灯を片手に伊三次はゆっくりと通り過ぎ、数歩さきでまた振り返った。あとはお甲たちがその枝道に入るのを確かめ、さらに物陰に入って御用提灯と龕燈の灯りが行くのを、そっと見とどけるだけである。

その小さな口の物陰から、おコンが一人で伊三次の提灯の灯りを見ていた。

(このあと通るのがお甲さんと唐八にモエ)

伊三次の提灯の火が、おコンにはちょうどいい目印になっている。

髪に挿《さ》していた簪《かんざし》を抜き、手に握り締めた。一本の鉄芯で飾りもない、先端が鋭利に尖《とが》り、おコンが護身用にいつも挿していたものである。

おコンの背後からも、街道を行く提灯の灯りは、ほんのチラとだが確認できた。

「伊三次だな」

「そのようで」

大松の弥五郎が低声を闇に這わせたのへ、若い衆の一人が掠《かす》れた声を返し、もう一人も頷いた。

(それにしてもおコンはいったい?)

弥五郎と若い衆は、闇のなかに滲むおコンの背に、いっそう目を凝らした。

伊三次のあとに影が三つ、街道をおコンの潜む枝道に近づいた。

「うまくいったようね」

歩を進めながら言った声はお甲だ。

「このあとはどこへ?」

モエの声だ。潜んでいるおコンの、目と鼻の先だ。

「あっ」

不意に人の動く気配だ。お甲は足をとめた。おコンは飛び出し、

「よこせーっ」

「ううっ」

簪がモエの腹に突き立てられ、その身は体当たりしたおコンとともに地面に崩れ込み、おコンのみが一回転して起き上がり、

「さあ。金は半分、あたしのものっ」

素早い動作だった。簪をモエの腹に刺し込んだままふところから、手応えのある巾《きん》着《ちゃく》をつかみ取っていた。すでに枝道の奥へ逃げ込む体勢をとっている。

「おぉお！」

「な、なんなんだ！」

反射的に大松の弥五郎は枝道をふさぐように仁王立ちになり、若い衆二人は身構え脇差に手をかけた。おコンの目にその影が映る。逃げ道がふさがれている。おコンには予期せぬことだった。

「あぁ」

たじろいだ。

「おめえっ、おコン⁉」

匕首《あいくち》を抜いた唐八の身が、棒立ちになったおコンの影に飛びかかった。

「あぁっ」

おコンの呻き声だ。不意を突かれたのでは、防ぎようがない。匕首の切っ先は脾腹《ひばら》へ深く刺し込まれていた。おコンの身が崩れ落ちる。

「どうしたというのだ⁉」

唐八の影に向かい、枝道を走りながら弥五郎は叫び、若い衆二人が同時に脇差を抜いたのも音で分かる。

「誰だ、てめえら⁉」

唐八にもわけが分からない。

「なっ、なんなの！」

お甲にも状況が分からない。分かるのは飛び出した影がおコンで、刺されたのがモエということだけだ。だからいっそう事態が飲み込めない。

さらに街道の伊三次だ。提灯は持っていても枝道の中は見えない。音や呻きから修羅場の演じられていることだけは分かる。提灯をかざし奔《はし》り戻った。

唐八はさらに本能的だった。身をひるがえし街道の広い闇の洞窟へ逃げ込もうとした。その身が提灯の灯りに照らされた。伊三次が提灯とともに駈け込んできたのだ。

「おぉっ」

枝道から飛び出てきた唐八とぶつかりそうになった。伊三次は身をかわした。お甲の目は、影の動きから唐八がおコンを刺したのを感じとっている。その唐八は伊三次の横を、匕首を手にしたまますり抜け、街道の広い闇に飛び込んだ。お甲は反射的か、唐八に手裏剣を放った。伊三次の持つ灯りが、その背を浮かび上がらせる。

「うぐっ」

動きがとまった。首筋に命中していた。伊三次はお甲が唐八を狙ったのを僥《しか》と目にした。

「野郎！」

提灯を持ったまま唐八に飛びかかるように一太刀浴びせた。さらに枝道から走り出てきた若い衆が、よろめく唐八に体当たりするように脇差を刺し込んだ。

「ううぅうっ」

唐八はその場へ吹き飛ぶように崩れ込んだ。

あたりは静まった。伊三次の持つ灯りが、その場をぼんやりと浮かび上がらせている。さすがに無頼を張り、修羅場も幾度か経てきている面々である。お甲も含め全員

が落ち着いている。おコンとモエはまだ息があった。お甲がそこへしゃがみ込み、

「いったい」

問いかけた。

「お、おコンめ、あたしの金を狙いやがって。ううう」

「なにを言ってやがる……。あたしの稼いだ金、一文も渡さずに……」

二人とも虫の息にののしり合っている。

およその察しはついた。

「お甲さん、どうする。向こうに、ありゃあ龕燈の灯りだ」

伊三次が首を街道のほうへ伸ばした。その灯りが松平家の足軽であり、そこに龍之助もいることを、ここの全員は解している。同時に、おコンとモエが、もう助からないことも……。

「あとは伊三次、お甲さんと一緒に、鬼頭の旦那に任せるのだ。この女ども二人、せめてもの情けだ。俺たちの手で」

「へい。済まねえっ」

「許してくんねえっ」

若い衆が二人、同時におコンとモエの心ノ臓へ、脇差の切っ先を刺し込んだ。

「うっ」

二人の動きはとまった。

龕燈の灯りの揺れが激しくなった。前方の不審な動きに気づいたようだ。

大松の弥五郎がおコンとモエの死体に目をやり、

「お武家が憎いぜ」

ポツリと言った。

四

「おぉっ、こやつら！　常娥のっ」

龕燈と御用提灯が、三人の死体を照らしている。

「お甲！　伊三次！　これは!?」

倉石俊造はそれらが常娥の三人であることを確認し、龍之助はお甲と伊三次に視線を向けた。その場で龍之助たちの走り寄るのを待っていたのはお甲と伊三次だけで、大松の弥五郎と若い衆らは、伊三次の提灯を持ってすでに枝道へ消えていた。

「こうなったのです」

「常娥ってえ水茶屋の者ら、逃走中を見つけ、抗《あらが》いやしたのでこのとおり。あぁ、あっしら、この女ともども、鬼頭さまの手の者でして。へい」

お甲が龍之助に声を忍ばせると、伊三次が羽織・袴の倉石俊造へ報告するような口調をつくった。

「うむ。よくやった」

倉石は確認するように龍之助に視線を向けた。とっさに龍之助は、

（なにやら事情が）

それだけを解した。

後方で立ちどまり、困惑しながら事態を見守っていた左源太と大松の若い衆が、

「いってえ……ともかく」

意を決したように闇から走り寄り、

「あっ」

「これはっ」

三人の死体に目を瞠《みは》った。すかさず龍之助が、

「あゝ、この者たちもそれがしの手の者にて、かくあらんかと街道筋一帯に配置しておりましてのう。常娥の三人、その網にかかったようでござる」

「なるほど」

倉石俊造は言葉どおりに解したようだ。すぐに龍之助は、

「左源太」

「へい」

「この町の自身番に走って大八車を調達してこい。死体は暫時、ここの自身番に留めおく。あっ、これを持っていけ」

「へえ」

左源太はまだ解せぬ顔つきのまま、龍之助から御用提灯を受け取ると、

「おめえも」

大松の若い衆をうながし、芝二丁目の自身番がある枝道へ走った。ちょうど町々の木戸が閉まる夜四ツ（およそ午後十時）の鐘が聞こえてきた。夜で野次馬こそ出ていないが、近辺の家々がこれだけの物音に気づかないはずはない。あちこちの戸のすき間から、視線のそそがれているのが感じられる。倉石俊造はそれを感じたか、

「あとは町方の仕事だな」

「お任せを」

「ふむ。よしなに」

倉石は満足だった。経緯《いきさつ》はどうでもよい。松平家にとってこれ以上の首尾はない。配下の足軽をうながしその場を離れた。今宵は浜松町の旅籠に泊まり、あしたの朝、日の出とともに幸橋御門を駈け込み、大番頭《おおばんがしら》の加勢充次郎に報告し、加勢は次席家老の犬垣伝左衛門に至急を告げ、さらに松平定信へ……。遠ざかる龕燈の灯りに、

「だっちもねー」

まだ事態の飲み込めぬまま、左源太はいつもの口癖を吐き、

「この三人には、済まんことをしてしまいやした」

「したんじゃなく、そうなったのです」

死体を前に伊三次が言ったのへ、お甲が反論するように言った。

近くの枝道から大八車の音が聞こえてきた。

芝二丁目の自身番の面々は困惑顔だった。無理もない。詰所どころか死体置き場にされたのだ。三和土《たたき》に三体が窮屈そうにならべられ、莚《むしろ》がかけられている。浜松町一丁目の自身番とおなじように、詰めていた町役たちは奥の板敷きの間に押しやられ、おもての畳の部屋は龍之助たちに明け渡している。町役たちにはあした夜明けとともに町の住人を動員し、現場に流れた血を水で洗い流す作業が待っている。

「俺たちも手伝いやすぜ」

左源太と大松の若い衆は言っていた。三人分だからかなりの血が流れており、三和土の莚にも滲んでいる。大八車にも付着しているだろう。日の出前から芝二丁目はかなりの騒ぎになることだろう。奥の板敷きの間で、町役らはヒソヒソ声で眉間《みけん》に皺《しわ》を寄せていた。おもての畳の部屋では、一同が莚の死体にチラチラと目をやるなかに、それぞれが互いに状況を説明しあい、弥五郎が若い衆二人を連れ現場にいた経緯は、すでに伊三次が聞いており、話の筋道が一本にまとまった。

「まったく、だっちもねー」

吐き捨てるように、左源太はまた言ったが、その目は三人の死体に向けられてはいない。お甲が、龍之助にソッと言った。

「あたしゃねえ、街道で松平屋敷のお人らが引き揚げるとき、唐八さんにじゃなく、そっちの首に手裏剣を打ち込みたかったですよう」

「ふむ」

龍之助は頷いていた。

東の空がかすかに明けてきた。それぞれにとって忙しい一日の始まりである。自身番ではすでに書役が龍之助の指示で、控帳《ひかえちょう》に事件の概要を書き入れている。

──岡場所の容疑で拘束しようとした水茶屋常娥の三人が逃走を図り……

そこに松平屋敷の足軽は出てこない。記《しる》せば、奉行の曲淵甲斐守に老中首座の松平定信から圧力のかかることが分かっている。

（お奉行に迷惑はかけられない）

のだ。

それに、おコンがモエを刺し、そのおコンを唐八が刺したことも記されていない。記せば二人は罪人となり、遺体を寺に運ぶことはできず、鈴ケ森の刑場で試し斬りの用に供され、あとは山鴉野犬《さんあやけん》の始末するところとなる。

「せめて人間らしく……」

龍之助が言ったのへ、お甲も左源太も伊三次も異存はなかった。

だが、夜明けとともに血潮の清掃が進むなか、お甲と伊三次が常娥に入って部屋をくまなく調べたが、三人の連絡先が分かるものはなにもなかった。三人とも無宿者だったのだ。無縁寺に葬る以外にない。芝二丁目の町役たちは不機嫌な顔をつくったもののの、すぐ恵比須顔《えびすがお》になった。唐八とモエが所持していた四十両近い金子から、

「俺が認める。所持金は町内の費消を差し引いた額を記載しておけ」

龍之助は自身番の書役と町役に言ったのだ。控帳では陣頭指揮をしたことになって

いる同心が言うのだ。その額が再度の吟味もなく奉行所の御留書《おとどめがき》にも記され、あとで問題になることはない。もし自身番の者が行き倒れ者などのふところにあった金を勝手に流用し、あとで発覚したなら、町役たちは縄付きにならねばならない。

「住人を駆り出した掃除人足の日当もな、額はあんたらに任せよう」

「さすがはかつてこのあたりを、無頼の縄張にしておられたお人じゃ」

龍之助の言葉に、町役の一人が言った。無頼といっても、決して〝嫌われ者〟ではなかった。逆だった。街道筋の〝用心棒〟だったのだ。だから左源太も、この一帯での評判はよかった。それが聞き込みのときに物を言い、松平家の足軽が橋以外に出張っていないことも確実につかむことができたのだ。

事件の処理は、龍之助が芝二丁目と奉行所とを幾度か往復し、町役が奉行所に呼ばれることもなくその日のうちに終了し、龍之助は芝二丁目の住人たちから大いに感謝されたものだった。その過程に伊三次が、

「常娥の三人、捕物とはいえ殺してしまったこと……奉行所で問題になりやせんか」

心配したものだった。それは弥五郎も気にかけていた。〝情け〟とはいえ、おコンとモエの死を早めさせたのは自分なのだ。本来なら、捕物の〝陣頭指揮〟に立った龍之助が奉行所で状況をきつく問いつめられ、与力が現場検証に出張ってくるはずだ。

だが、そうはならなかった。これには柳営での松平定信の〝御言葉〟が、大いに物を言った。それを龍之助は読み取っていたのだ。倉石俊造が横柄な態度で〝あとは町方の仕事だな〟と、死体の処理を松平家の思惑どおりにさせようとしたとき、〝お任せを〟と二つ返事で応じ、倉石を満足させた理由はそこにあった。

予想どおり、倉石は日の出の明け六ツに幸橋御門の門番が驚くほどの速さで駈け込み、松平屋敷の門番を外から叩き起こし、加勢充次郎のお長屋に奔り、

「成就《じょうじゅ》!」

叫んだ。

その報告は、松平定信が登城する時刻に十分間に合った。

「ふむ。そうか」

定信は髷を小姓に結わせながら、

「ふむふむ。わが藩の足軽組頭が、町方にそうさせたとな」

満足そうに幾度も頷き、小姓がそのたびに手をすべらせ、困ったものだった。

柳営ではさっそく奉行の曲淵甲斐守が老中首座の松平定信に呼ばれ、

「そなたの配下の者、実によく柳営の意を体し、率先して成果を上げている由《よし》。これを向後の範とせよ」

お褒めの言葉までいただいたのだ。その言葉のなかに〝奢侈淫靡《しゃしいんび》なる者〟を〝鬼頭龍之助なる町方同心が果敢に処断〟したことを、定信は満足そうに話したという。それらの内容は、与力を通じて同心たちにも伝えられた。そうなれば奉行所内で、芝二丁目での〝捕物〟に三人とも殺してしまったという不自然を感じても、〝吟味〟の声は上がらない。そればかりか同心溜りで同僚たちと膝を合わせたとき、

「おぉ、鬼頭さん。あんたの名前が老中の松平さまの口から直接出るとは、相当派手にやったのだろうなあ」

あやかりたそうに言う者もおれば、

「やり過ぎると、町家の者からかえって反感を買いますぞ」

そっと忠告するように言う同僚もいた。そこには多分に僻《ひが》み心も混じっていよう。

（こたびは、ちとやり過ぎたか）

龍之助は秘かに思ったものである。

「あす、午《うま》の刻（正午）に甲州屋にて」

岩太が加勢充次郎の伝言を持って八丁堀に訪《おとな》いを入れたのは、その日の夕刻、龍之助が芝二丁目の処理を終え、奉行所へ迎えに来た茂市と組屋敷に帰ってからだった。

玄関前から庭の縁側にまわった岩太は、

「きょう午後、甲州屋の右左次郎旦那が屋敷に来られ、犬垣さまと加勢さま、それに倉石さまもそこに呼ばれ、四人でなにやら長くお話しのようでした」

庭に片膝をついた姿勢で言う。縁側に腰掛けたほうが双方とも話しやすいのだが、岩太は紺看板に梵天帯の中間姿だ。それを縁側に座らせ、龍之助が胡坐《あぐら》を組んで談笑していたのでは、不意に組屋敷の同僚などが来たとき、奇異に思うだろう。同心の組屋敷も武家屋敷だ。堅苦しくとも、相応の作法どおりにしなければならない。

「ほう。捕物の話でもしたのかな」

龍之助は岩太を座らせる代わりに、足を縁側から無造作に下ろし、童《わらべ》のようにブラブラさせながら話した。気分的にかなり話しやすくなる。四人の談合の内容を、中間が知るはずはない。しかし岩太は言った。

「捕物？ やはり昨夜なにかありましたのか。足軽さんたちが外からつぎつぎと帰ってきて、なにやら口を閉じているのがみょうに不自然に感じられました」

どうやら屋敷内では、昨夜のことは〝なかったこと〟になっているようだ。なるほど柳営で奉行が松平定信から受けた〝お褒めの言葉〟には、松平家の関与は微塵も出ていないのだ。

「ですが右左次郎旦那の帰り、私が正面門までお見送りしたのですが」

「ほう」

龍之助は足のブラブラ動きをとめた。

「きのう鬼頭さまは相当ご活躍された由、松平家にとってもますます大事な人になられたようだ、と」

「甲州屋が、か」

「はい」

岩太は明確に返事をした。四人の談合の席で、確実に龍之助の名が出ている。龍之助にとっては、困惑せざるを得ない事象である。

（やはり、やり過ぎた）

このときも龍之助は、再度秘かに思った。

五

ふたたび一夜が明けた。事件より二日目である。

「午の刻、左源太にも甲州屋へ、と」

龍之助は茂市を神明町へ遣いに出し、同僚たちよりも早目に奉行所へ出た。自儘《じまま》に〝やり過ぎた〟ことへの自戒からである。連日微行《びこう》に出るなど、奉行所内でかえって目立つ存在になってしまう。すでにそうなっているのだ。案の定だった。廊下で平野与力に呼びとめられた。

「おまえなあ、松平家といったいどんな関わりがあるのだ。度を越すと、柳営の政争に巻き込まれる素《もと》になってしまうぞ」

言われた。平野与力の言葉は、龍之助が老中首座から目をかけられていることへの僻みなどからではない。奉行所内では過去現在ともほとんど前例がない、市井《しせい》での無頼の一時期を持つ者同士としての親しみからである。松平家とどんな関わり……平野与力にも知られてはならない、胸中にズシリと来るものがあった。

「いえ、ただ、町家でちょいと勇み足が過ぎまして」

龍之助は応えた。きょう、その松平家の足軽大番頭とまた会わねばならない。

(きのうの礼だけではあるまい。加勢どのがなにを切り出すか……)

懸念するなかに、そろそろ午《ひる》に近い時分となった。同心溜りで、

「ちょいと微行に出てきます」

腰を上げた。果たして、

「ほう。また柳営の覚えめでたく、奢侈淫靡を戒《いまし》めに行かれますかな」

同僚から声をかけられた。皮肉が籠《こも》っている。

「なあに、あれはたまたまのことでしてな」

龍之助は軽くいなした。


「旦那ア」

甲州屋の商舗《みせ》の前だ。腰切半纏に三尺帯の左源太が、跳び上がって手を振った。街道から宇田川町の枝道へ入ったところで昼九ツ（正午）の鐘を聞いたのだから、約束の刻限にそれほど遅れているわけではない。岩太がかたわらで、悠然と雪駄に音を立てて近づく龍之助にぴょこりと辞儀をし、二人とも迎えるように走り寄った。

「おう、早いな。加勢どのはもうお越しのようだなあ」

「へい。それがもうお一人」

「はい。組頭の倉石さまも一緒に」

「えっ、倉石どのも？」

ここ数日、倉石俊造も忙しい日々を送ったことであろう。浜松町一丁目の自身番に一緒に詰めたのは、もうおとといのことになる。大番頭の加勢充次郎が屋敷にいて指

揮をとり、現場に出張って足軽たちを仕切ったのが組頭の倉石だった。そのご両所がそろって……、

(松平定信め、いよいよ本腰を入れてきたか)

予想される用件の内容に、龍之助は一層の緊張を覚えた。

「あゝ、鬼頭さま。お待ちしておりました。お二方《ふたかた》、もうお出《い》でてでございます。ささ、中へ」

丁稚が知らせたか、あるじの右左次郎が外まで走り出てきて腰を折り、手で暖簾の中を示した。

通されたのは、いつもの奥の庭に面した部屋だ。

「いやあ鬼頭どの。これなる倉石より聞きもうした。芝の街道では貴殿の配下が頼もしい働きを。これも日ごろからの鬼頭どのの薫陶《くんとう》の賜物《たまもの》でありましょうなあ」

やはり冒頭の挨拶はそこから入った。その口調は、交際術の辞令などではない。心底、加勢充次郎は感じている。なにしろ常娥騒動の結末が、まったく松平屋敷の望むとおりに終結したのだ。しかも三人を一度に葬ってしまうなど、

(前もって同心が配下の岡っ引らに、指示を与えておかねばできぬこと)

倉石の見た現場の結果からなら、そう解釈するのが最も妥当だ。現場の指揮は自分

との自負があった倉石にしても、死体がおなじ場所に三体という結果を見せつけられては、そう解釈せざるを得ない。それに倉石はあのとき、夜でもあったことから、結果だけを見て死体検《あらた》めもしないまま引き揚げているのだ。加勢充次郎の龍之助への信頼はますます強まり、遊び人たちまで龍之助が〝自在に使嗾《しそう》している〟実力を認めざるを得ない。

「ついてはのう、鬼頭どの」

加勢はきょうの本題に入った。昼餉《ひるげ》の膳はまだ部屋に運ばれていない。その前に大事な話を……とのようだ。岩太と左源太も別室で待機し、給仕に呼ばれていない。最初からその計画だったようだ。部屋の近くには、女中がお茶を運んだ以外、誰も近づかない。これも右左次郎のいつもの配慮だ。

「うむ」

龍之助は聞く姿勢をとった。三人とも端座である。

「町家にあっては、われら老中首座たる松平家の家臣ではあっても、やはり貴殿ら町方にはかなわぬ」

世辞ではない。加勢の表情には、それが本心からであることが窺われる。横に座っている倉石俊造も、しきりに頷きを入れている。加勢はつづけた。

「ほれ、以前にも貴殿に合力してもらったことがあったろう。高貴の血筋を騙《かた》る修験者……あれの探索にはまっこと世話になった」

「また出ましたのか。松平さまのお血筋を名乗る者が」

龍之助は問い返した。

「いや、そうではない。まったく雲をつかむような話でのう」

「おゝ、以前にも聞きましたぞ。市井《しせい》にあって高貴の血筋を騙る者はおらぬか、それを探索されたい……と。あのときは、その網に修験者が」

「それよ」

加勢は端座のまま、身を前に乗り出した。

「率直に話し申そう。その高貴の血筋とはのう、前の老中……」

「ふむ」

「田沼意次でござる」

「それならはっきりしておるのでは。ほれ、御家《おんけ》を出奔した青木与平太どのと水茶屋の常娥で恋敵になった置田右京之介《おきたうきょうのすけ》でござったか。あの者は水野家の家臣でございましたなあ」

龍之助は故意に常娥の件に触れ、

「その水野家では田沼家より養嗣子《ようしし》を迎えながら廃嫡《はいちゃく》なされたとか、もっぱらの評判でござる。そのほかにも似たような事例が、いろいろとあるようにうかがっておりますが」

「と申されますと？」

「そうしたおもての話ではござらん」

龍之助はとぼけ、さらに問い返したのへ加勢充次郎は、

「田沼どのが大名に出世する以前じゃ。八百石の旗本であったころ、屋敷に奉公する女中に産ませた子があるとか」

「ほう。さようなこと、はっきりしておりますのか」

「いや。なにぶん三十数年も前の話ゆえ、はっきりせぬのじゃ。その女中が誰か、産まれているとすれば男か女かも……」

そのことこそ、龍之助の母・多岐《たき》と龍之助である。

「それをそれがしに探索せよと？」

「さよう。こたびは常娥とかいう水茶屋の不祥事を、当家から出張ったこれなる倉石とよく合力し、みごとに解決してくれた貴殿じゃ。これからもこの倉石と互いに合力し、なんとか探り出してもらいたいのじゃ」

「さよう。こたびのようにそれがしが足軽を率い、いかなる探索にも迅速に動きもうそう」

倉石が口を入れた。

「ふむ」

龍之助は頷き、

「して、もしも、もしもでござる。探索が成就し、その所在を見つけ出したとしたなら、その後のご処理はいかように？」

（自分をいったいどうしようというのだ、松平定信よ）

龍之助は訊いているのだ。

加勢は応えた。

「これは柳営が奢侈淫靡に驕奢《きょうしゃ》懦弱《だじゃく》を戒め、勤倹厳粛《きんけんげんしゅく》を広めるのと違い、裏の政道に属するゆえ、そのあとはそれがしも……」

明確に〝裏の政道〟と言い、あとは言葉を濁した。龍之助は追い討ちをかけるように、

「常娥の三人のように？」

抹殺するのか。

加勢は応えず、

「ともかくじゃ、行方の分からぬ田沼の血筋が存在するとなれば、向後それが天下にいかなる災いを及ぼすやもしれず。よって探索は天下のためと思い、精進してもらいたいのじゃ」

「ほう。天下のため……でござるか」

「さよう」

明瞭に返し、かたわらの倉石も頷きを入れた。

「おもしろうござる」

「ほう。そう思うてくれるか」

龍之助が返したのへ、加勢は緊張の表情をやわらげた。諾意《だくい》ととったのだろう。だが龍之助が〝おもしろい〟と言ったのは、

(ほう。俺の存在が天下に災い？)

そこに対してである。

加勢は手を打ち、あるじの右左次郎を呼んだ。近くの料亭から、数人の仲居が膳を運んできた。用件はすでに終わった。右左次郎も相伴《しょうばん》に与《あずか》り、給仕にはそのまま仲居たちが残り、岩太と左源太にもおなじ膳が用意された。

膳の進むなかに倉石が、

「鬼頭どの、向後よしなにお頼み申しますぞ」

言うのへ龍之助は笑顔をつくった。だが心中は、

（松平屋敷め、ますます俺への手を広げて来おったか）

向後への懸念を深めた。きょうの甲州屋での談合が、松平定信も次席家老の犬垣伝左衛門も承知どころか、その下知を受けてのものであることに間違いない。

「向後とも、加勢さまと倉石さまに鬼頭さまとの談合には、この甲州屋を存分にお使いくだされまし。甲州屋にとって、これほど嬉しく誇らしいことはありませぬ」

なごやかな雰囲気に、あるじの右左次郎も上機嫌だった。〝龍之助《たつのすけ》〟の名が、田沼意次の幼名〝龍助《たつすけ》〟からとったものであることに、松平屋敷はまったく気づいていない。気づかせぬためにも、

（加勢どのと倉石どのに、〝俺〟を找《さが》すため合力せねばならぬか）

その場に緊張を隠すとともに、複雑な思いになった。

甲州屋を出たのは、昼八ツ（およそ午後二時）時分だった。

「ありがたいぞ、甲州屋」

加勢充次郎はあるじの右左次郎に言っていた。田沼意次の〝隠し子〟の探索は、あ

くまで松平家の私的な極秘事項だ。奉行所の同心と談合するのに、繁華な街中《まちなか》の料亭を使うわけにはいかない。噂になってはならないのだ。それは龍之助にとってもおなじだった。目立たぬ商舗《みせ》構えの献残商いの甲州屋は、すべてにおいて便利だった。帰りしな、右左次郎が龍之助の耳元にそっとささやいた。

「加勢さまから、また役中頼みを預かってございます。かなり重い菓子折ですが、八丁堀の組屋敷に届けておきましょうか」

「うむ」

龍之助は頷きを返した。

夕刻時分、左源太とお甲の姿は蠣殻町《かきがらちょう》にあった。田沼家の下屋敷だ。龍之助は同心然として、昼間の微行のあと呉服橋御門内の北町奉行所に戻り、迎えに来た茂市をともない八丁堀の組屋敷に戻っていた。

「旦那さま。また松平屋敷からの役中頼みが……。甲州屋の手代さんが持っておいででした」

奉行所の正門を出てから、茂市はそっと言った。

田沼家の下屋敷では、いつものように意次は裏庭の縁側まで出て、職人姿の左源太と仲居姿のお甲が、片膝を立て交互に話すのへ耳をかたむけていた。

常娥なる水茶屋の三人が命を落としたことには眉をひそめたが、甲州屋での談合の話には、

「あははは。龍之助はますます松平に気に入られたようじゃのう」

大きく笑ったがすぐ真剣な眼差しで裏庭の空《くう》を睨み、

「定信め、なにをそんなに恐れておる」

吐く息は白く、腹の底から呟《つぶや》くようであった。

今宵、左源太とお甲はまた八丁堀の組屋敷に泊まっていく。あしたは龍之助の帰りが遅くなる。天明七年（一七八七）神無月（十月）も終わりに近づいている。

「――旦那、供養だと思ってくだせえ。紅亭で一杯《いっぺえ》やりやしょう」

きょう昼間、神明町を微行した龍之助に、大松の弥五郎が言ったのだ。

「――部屋に常娥の暖簾を貼り付けて、せめて成仏するよう祈ってやりやしょうや」

「――おう」

龍之助は頷きを返していたのだ。

あとがき

本編に駿河《するが》沼津藩三万石の大名・水野忠友《ただとも》が出てくる。この人物については本シリーズ第四巻の『老中の迷走』の〝あとがき〟でも触れた。そこでも記したように、忠友は七千石の高禄旗本から、田沼意次《おきつぐ》の掲げる重商主義による経済振興策の推進役として、大名となり老中にまで引き上げられた人物である。ところが松平定信《さだのぶ》の時代になると、田沼の経済振興策は〝賄賂《わいろ》政治〟として糾弾されるところとなった。

この〝賄賂政治〟だが、〝清廉潔白〟な松平定信の〝寛政の改革〟によって根絶されたわけではない。およそ徳川幕府の機構は人余りで、無役の小普請組《こぶしんぐみ》の者が役職を得ようとすれば、常に上役の屋敷に出入りなどして面識を得ておく猟官運動が必要だった。もちろん屋敷に出入りするのに、手ぶらというわけにはいかない。定信のもっとあとの文化・文政の時代に、賄賂を〝老若昇進丸〟という薬に見立てた落首《らくしゅ》が出た。それによれば大包《おおづつみ》は金百両、中包《ちゅうづつみ》は金五十両、小包《しょうづつみ》は金十両とされ、無役の者が上役筋へ挨拶に伺うには「二度ほど小包を持参すべし」とあり、困難なときには「中包をその方面に用い、酒肴《しゅこう》にて服用すれば大効あり」と紹介されている。さらに「是非とも急いで望みをかなえるには、黄金十枚ほどを肘肩《ひじかた》のあたりに手当てし、それでも効なければ大包を連続服用すれば必ず特効あり」と記《しる》されている。ここでいう肘肩とは、なんと水野忠友の家老・土方縫殿介《ひじかたぬいのすけ》との語呂合わせである。田沼意次や松平定信の時代から文化・文政の時代まで、およそ半世紀の差がある。土方縫殿介が賄賂受け取りの名人だったわけではなく、五十年後の落首で語呂合わせに使われるとは、つまりこの落首に書かれた内容が、当時から常態化していたということである。

本編においては田沼意次が松平定信によって再起不能にまで叩き潰された天明七年(一七八七)神無月(十月)が時代背景になっているが、このとき定信が断固否定する重商主義政策を、意次の右腕となって推進した水野忠友はなお失脚せず、老中の地位もそのままであった。これは事実であり、忠友が老中免職となるのはもう少し先で、しかも三万石は安泰で十年もしない内に、定信が失脚してからだが、忠友はふたたび老中に復活する。後世に〝老若昇進丸〟の肘肩への手当ての語呂合わせに使われた家老の土方氏が相当キレ者で、昇進丸の効率的な使い方を十分に心得ていた人物だったのではと推測される。実際、土方縫殿介は歴史研究において、藩財政を立て直した名家老と評価されている。

さて本編の内容だが、水野忠友の登城の行列で第一話の「貢がれた女」の幕が開く。一般に大名行列といえば先触《さきぶれ》が「下にーっ、下に」と声をかけ、庶民は道端に土下座するといった光景が想像される。ちょっと待ってもらいたい。もしそうだとすれば、大名の登城日など江戸市中の動きは停滞し、参勤交代の街道筋では物流が阻害され、それらによる経済的損失は莫大なものとなるだろう。現実は「寄れー、寄れー」だけだった。それに老中の登城は、年中刻《きざ》み足だった。理由は本文に記したとおりだが、その行列の先触が発端となって本編の事件は始まる。

第二話の「斬り込み」では、松平家を出奔した青木与平太と、水茶屋のおコンをめぐる水野家家臣の置田右京之介との確執を中心に話は展開する。それらがおもてになれば松平家への打撃は大きなものとなり、鬼頭龍之助は水茶屋を舞台に、青木与平太に武士の情けから非常の手段を取る。松平家はその始末を龍之助に依頼するが、それは武家社会の冷酷さを示すものだった。

生き残った水野家の置田右京之介を、龍之助がいかに成敗するかが第三話に展開する。そこに龍之助の剣技が冴えるが、龍之助の配慮で置田は打首にならず、武士としての体面を保って果てるところとなる。だが松平家と水野家の家臣の争いは極秘にされ、両家とも恥を天下にさらさずに済んだが、これで一件落着とはならなかった。松平家で「秘かな謀議」が進行していたのだ。

第四話で謀議の内容は明らかになるが、それは松平家のあまりにも理不尽なものであった。このため龍之助は「町家の守り人」になることを決意し、松平家に協力する振りをしてその策謀を実行不能に持ち込もうとする。

第五話で龍之助の策は動き始めるが、おコンの予期せぬ動きによって「街道の惨劇」が発生する。しかしそれは松平家にとって、この上ない結末だった。このことが松平家の龍之助への信頼を倍加させ、〝田沼の隠し子〟の探索をあらためて龍之助に依頼するところとなる。

これからも水野忠友の老中免職、田沼意次の死などを背景に、自分の探索を自分でするなかに、松平定信の〝寛政の改革〟によって発生するさまざまな事件がからみ、鬼頭龍之助は左源太やお甲を手下《てか》に一層奔走するところとなる。

平成二十三年　夏

喜安　幸夫

二見時代小説文庫

斬《き》り込《こ》み　はぐれ同心《どうしん》　闇《やみ》裁《さば》き5

著者　喜《き》安《やす》幸《ゆき》夫《お》

発行所　株式会社 二見書房
東京都千代田区三崎町二—一八—一一
電話　〇三—三五一五—二三一一［営業］
〇三—三五一五—二三一三［編集］
振替　〇〇一七〇—四—二六三九

印刷　株式会社 堀内印刷所
製本　ナショナル製本協同組合

ISBN978−4−576−11126−1
http://www.futami.co.jp/

はぐれ同心 闇裁き 龍之助江戸草紙

喜安幸夫［著］

時の老中のおとし胤が北町奉行所の同心になった。女壺振りと島帰りを手下に型破りな手法と豪剣で、悪を裁く！ワルも一目置く人情同心が巨悪に挑む新シリーズ

隠れ刃 はぐれ同心 闇裁き2

喜安幸夫［著］

町人には許されぬ仇討ちに人情同心の龍之助が助っ人。敵の武士は松平定信の家臣、尋常の勝負はできない。〝闇の仇討ち〟の秘策とは？大好評シリーズ第2弾

因果の棺桶 はぐれ同心 闇裁き3

喜安幸夫［著］

死期の近い老母が打った一世一代の大芝居が思わぬ魔手を引き寄せた。天下の松平を向こうにまわし龍之助の剣と知略が冴える！大好評シリーズ第3弾

老中の迷走 はぐれ同心 闇裁き4

喜安幸夫［著］

百姓代の命がけの直訴を闇に葬ろうとする松平定信の黒い罠！龍之助が策した手助けの成否は？これぞ町方の心意気、天下の老中を相手に弱きを助けて大活躍！

木《こ》の葉《は》侍 口入れ屋 人道楽《ひとどうらく》帖

花家圭太郎［著］

腕自慢だが一文なしの行き倒れ武士が、口入れ屋に拾われた。江戸で生きるにゃ金がいる。慣れぬ仕事に精を出すが……。名手が贈る感涙の新シリーズ！

影花侍 口入れ屋 人道楽帖2

花家圭太郎［著］

口入れ屋に拾われた羽州浪人永井新兵衛に、用心棒の仕事が舞い込んだ。町中が震える強盗事件の背後に潜む奸計とは!? 人情話の名手が贈る剣と涙と友情

葉隠れ侍 口入れ屋 人道楽帖3
花家圭太郎［著］
寺の門前に捨てられた赤子、永井新兵衛。長じて藩剣術指南となるが、故あって脱藩し江戸へ。その心の温かさと剣の腕で人びとの悩みに応える。人気シリーズ第3弾

夜逃げ若殿 捕物噺 夢千両すご腕始末
聖龍人［著］
御三卿ゆかりの姫との祝言を前に、江戸下屋敷から逃げ出した稲月千太郎。黒縮緬の羽織に朱鞘の大小、骨董目利きの才と剣の腕で江戸の難事件解決に挑む！

夢の手ほどき 夜逃げ若殿 捕物噺2
聖龍人［著］
稲月三万五千石の千太郎君、故あって江戸下屋敷を出奔。骨董商・片倉屋に居候して山之宿の弥市親分とともに謎解きの才と秘剣で大活躍！大好評シリーズ第2弾

姫さま同心 夜逃げ若殿 捕物噺3
聖龍人［著］
若殿の許婚・由布姫は邸を抜け出て悪人退治。稲月三万五千石の千太郎君との祝言までの日々を楽しむべく由布姫は江戸の町に出たが事件に巻き込まれた。

公家武者 松平信平《のぶひら》 狐のちょうちん
佐々木裕一［著］
後に一万石の大名になった実在の人物・鷹司松平信平。紀州藩主の姫と婚礼したが貧乏旗本ゆえ共に暮せない。町に出ては秘剣で悪党退治。異色旗本の痛快な青春

姫のため息 公家武者 松平信平2
佐々木裕一［著］
幕府転覆を狙った由井正雪の変の失敗後、いまだ不穏な空気の漂う江戸城下。徳川家の松姫はお忍びで出た城下で出会った信平のことを忘れられずにいたが…。